D1702258

Jürgen Theobaldy

BIS ES PASST

verlag die brotsuppe

Jürgen Theobaldy

BIS ES PASST

Zehn Erzählungen

verlag die brotsuppe

Einzelne

Während sich in den Niederungen der Nebel erst spät am Morgen aufgelöst hatte und einem feuchtkalten Tag gewichen war, blieb der Himmel den ganzen Tag leuchtend blau. Nur in der Mulde drunten am Bach, wo die Sonnenstrahlen im November nicht hinreichten, schien sich der Raureif zu halten, aber als sie mit dem Kind näherkamen, hingen große Tropfen Wasser an den Grashalmen.

Er hatte ein Buch eingesteckt, um ihr daraus vorzulesen, falls das Kind es zuließe. Sie trotteten am Bach entlang, durchquerten die Mulde, gerieten auf sumpfigeren Boden, und er hob das Kind auf die Schultern. Zwischen dicken Büscheln Wiesengras, das sich wie gebündelt über den Boden verteilte, blitzte Wasser auf. Das Gras war fast farblos, und wenn er auf einen dieser fahlen Büschel trat, gab es nach.

Vom Hang, der auf der anderen Seite des Bachs anstieg, klangen die Kuhglocken herüber; sie waren weniger deutlich schon seit dem Morgen zu hören gewesen. Ein Traktor kurvte am Nachmittag auf den oberen Teil des Hangs, um Mist abzuladen, obschon das, wie er von ihr wusste, um diese Jahreszeit verboten war, und nun rumpelte er schwerfällig zur Anstalt zurück. Auf das Dach der Scheune, dem größten Gebäude dort, war ein schwarzer Bär aufgemalt, auf gelbroten Grund auf allen Vieren hochwärts kriechend, das Berner Kantonswappen, wie sie sagte. Seit ein Teil des Landstrichs dem neu gegründeten Kanton Jura zugefallen war, stellten die Berntreuen ihre Anhänglichkeit erst recht heraus. Es war zu Straßenkämpfen und Saalschlachten gekommen, die Aufteilung der beiden Kantone blieb umstritten, ein paar Sprengstoffanschläge ließen sich verhindern oder hatten keinen Schaden angerichtet. Am Rand des Teils, der bei Bern verblieben war, fanden sich die französisch sprechenden Minderheiten eher trotzig als entmutigt in ihren Stammbeizen ein. Die Autonomisten seien die Ärmeren, erfuhr er, und obwohl sie lange in Bern gewohnt hatte, hielt sie es mehr mit ihnen, dazu sprach sie wenigstens so gut französisch wie die meisten Leute hier deutsch.

Das Kind legte ihm die Hände auf den Kopf. Es war groß genug, um sich nicht mehr festklammern zu müssen, aber es hatte sich heftig dagegen gewehrt, als sie ihm Handschuhe anziehen wollte, und vielleicht wärmte es so seine Hände.

Auch um das Kind mit seiner Stimme wachzuhalten, fragte er beiläufig nach Arne, der sich vor kurzem wieder in ihrem Haus gezeigt hatte, angetrunken und einen Abend lang eine einzige Last. Arne hatte vor zwei Jahren monatelang auf ihrem Hof bei Schaffhausen gelebt, eingetrudelt mit einigen ihrer Freunde aus Basel, sie hatten ihn beim Trampen aufgelesen und dann von ihm erfahren, dass er Deutscher sei, unterwegs ausgerechnet in die Türkei. Und als die Freunde in der Nacht wieder nach Basel aufgebrochen waren, war Arne auf ihrem Hof zurückgeblieben. Lange zweifelte sie daran, ob er wirklich aus Deutschland kam, nach seinem Ausweis konnte sie schlecht fragen, obwohl sie ihn als Ausländer hätte melden müssen. Arne erschien ihr zunächst so eigenschaftslos, dass er wie sein eigenes Negativ auf sie wirkte: still und so langsam in seinen Gesten, als lebte er unter Wasser. Zahm wie ein Goldfisch war er mit ihr und ihrem damaligen Freund am Tisch gesessen, und sie hatte ihm die Portionen zugeteilt.

»Warum nur die Türkei?«

»Vielleicht ging es ihm auch um Indien. Jedenfalls wollte er abhauen, vor dem Militärdienst oder sowas.«

Sie hatten eine kleine Böschung erreicht, in die eine Eisentür und davor ein paar steinerne Stufen eingelassen waren. Mit dem überwachsenen Giebel sah das Ganze von vorn wie ein winziges Haus aus, nicht viel größer als seine Haustür, doch falls es dahinter Wände und ein Dach gab, war das alles unter Gras und Erde verborgen. Die Sonne wärmte die paar Stufen, und sie setzte sich. Er hob das Kind von den Schultern und legte sich ins Gras. Der Boden war kalt, und die Halme kitzelten, aber er wollte im Liegen vorlesen. Das Kind kroch an den Stufen vorbei, begann Gras auszurupfen und ließ es durch die Finger rieseln. Es sagte noch keine Wörter, nur Silben, und manchmal war nicht zu verstehen, was es wollte, doch jetzt wollte es nichts von ihnen.

»Die Erzählung heißt Pornografie«, sagte er, »wie im Original. Ein trockener Titel paradoxerweise. Aber welche Erzählung wäre jetzt die richtige?«

»Fang an.«

Diese Erzählung ließ sich längst nicht so lustig an wie diejenige, die er gestern vorgelesen hatte, auf einem beinharten Sofa im oberen Stock des in die Jahre gekommenen Bauernhauses, während das Kind im Zimmer herumgetappert und sich, wenn es in seine Nähe geriet, ein paar Mal auf seinen Bauch geworfen hatte. Gestern war es um ein Dutzend nackter Komparsen gegangen, die in einem kleinen Londoner Theater bei einer Art Revue eine massenhafte Orgie mimen sollten. Die beiden, die als einziges Paar in den Rhythmus fanden, der dem Regisseur vorschwebte, gingen bis zum Äußersten, worauf sie der aufgebrachte Regisseur, um seine künstlerische Vision geprellt, in die Garderobe zurückschickte, gar ein wenig wie Adam und Eva aus dem Paradies. Die Frau war sofort davongehuscht, der Mann hatte so aufrecht wie sein schwer gestörtes Glied die staubigen Bretter verlassen. Damit kamen die beiden um den Genuss der Premiere und des kalten Buffets samt des Lobgehudels hinterher und aller weiteren Vorstellungen, der Gage, des Engagements, der Zukunft an größeren Bühnen. Obwohl es für den Regisseur ein Tag zum Weinen gewesen war, durchzog ein frivoler Ton die Erzählung, und statt Tränen in der Garderobe entschied sich der Autor für eine Zigarette, mit der sich der Regisseur nach ein paar Zügen wieder beruhigte.

Die neue Erzählung im Buch konnte komisch finden, wer es komisch fand, wenn von vornherein die Hosen heruntergelassen wurden. Ein junger Kerl, von dem gleich zu erfahren war, dass er Tripper hatte, besuchte den Pächter eines der vielen Pornoläden Londons inmitten seines farbenprächtigen Genitalienparadieses. Die beiden waren Brüder, und der Größere, der mit dem Tripper, beneidete den Kleineren um den Laden und um seine schwarze Motorradlederjacke.

Zweimal versuchte das Kind, ihm das Buch wegzuzerren, als wollte es dahinterkommen, wovon er redete. Dann richtete es sich auf, öffnete die Hände, spreizte die Finger, ließ die ausgerupften Gräser fallen und als es sich wieder bückte, keuchte es, denn es verrichtete eine mühevolle Arbeit. Ein kühler Wind kam auf und verwehte seine Stimme, doch wenn er lauter lesen wollte, kratzte es im Rachen. Sie unterbrach ihn, weil sie immer mehr Wörter nur noch ungefähr verstand. Das Kind kletterte die drei Stufen hinauf, um danach herunter- und von neuem hinaufzuklettern. Sie musste aufpassen, dass es nicht stürzte, und weil sie nicht protestierte, als er das Buch zuklappte, verstaute er es in der Jacke.

Auf dem Hang gegenüber setzten sich die Kühe langsam in Bewegung. Drei zockelten auf den Pfad zu, der so tief unterhalb der Anstalt entlangführte, dass man von dort nicht sah, ob unten jemand ging. Tannen wuchsen in einem breiten düsteren Streifen zum Bach hinab, und aus ihrem langen Schatten trat ein alter Mann heraus und ging mit seinem Stock, fast genauso groß wie er selbst, den Pfad voran. Als die Kühe bei ihm ankamen, trotteten sie gemächlich um ihn herum, hielten an und senkten die Mäuler wieder ins Gras. Der alte Mann ging langsam, gebeugt von der Last der Jahre auf seinem Buckel und von der Literflasche Wein, die er eng an sich drückte. Er war so eingeschrumpft, dass er mit seiner Kappe, den hochgezogenen Schultern und den breiten Stiefeln an einen der Kopffüßler erinnerte, wie sie das Kind in zwei, drei Jahren zeichnen würde.

»Schau an, der Valentin schleicht sich heim.«

»Du kennst ihn? Wenn wir so auffällig hinüberstarren, verraten wir ihn.«

»Tun wir nicht. Jeder im Heim weiß, woher er kommt.«

Er musterte die Gebäude der Anstalt, entdeckte aber niemand in den Fenstern. Ein paar Männer, die vor dem Zaun unter dem Mast mit der Kantonsfahne gesessen hatten, rappelten sich auf und schlenderten zurück. Das Kind bäumte sich in ihren Armen hoch und fing an zu quengeln. Sie ließ es los, und es kroch wieder die Stufen hinauf. Er spürte durch den Ärmel der Jacke, wie der Ellbogen, mit dem er sich aufstützte, immer feuchter wurde.

»Und wie ging das damals mit Arne weiter?«

»Wenn der Arne bei der Arbeit geholfen hat, dann machte er immer etwas falsch. Einmal sollte er eine Grube ausheben und hat dabei mit dem Spaten gleich sechzig Anschlüsse durchgehauen, auch das Telefon vom Arzt wurde stillgelegt. Arne war sauer, weil die Ablöse nicht kam.«

»Kann man verstehen.«

»Wir haben ihn die meiste Zeit in Ruhe gelassen, und er ist im Schneidersitz nackt in seinem Zimmer gesessen und hat meditiert.«

»Wie das geht, meditieren, weiß ich bis heute nicht.«

»Ein andermal hat er eine Hanfstaude aus dem Garten des Lehrers gestohlen und sie samt der Wurzel mitten durch das Dorf getragen.«

»Hanf?«

»Na ja, aus dem Hanf machte die Frau des Lehrers Kleiderstoffe, angeblich ohne zu ahnen, was man sonst noch damit hätte anfangen können. Als wir Arne gefragt haben, ob er verrückt sei, das Zeug so offen durch den Ort zu tragen, meinte er, er habe sich gut dabei gefühlt. Und deshalb sei er sicher gewesen, dass er niemandem auffallen würde. Denn wer sich vollkommen gut fühle, dem passiere auch nichts.«

»Und?«

»Offenbar hatte er Recht.«

»Gott schützt nicht nur die Liebenden und die Betrunkenen. Wie lang ist er geblieben?«

»Ziemlich lang. Den ganzen Sommer.«

»Hat ihn jemals wer besucht?«

»Nein, nie. Es hat ihn nie jemand besucht.«

»Und Briefe? Ansichtskarten?«

»Nicht dass ich wüsste. Ich habe ihn auch nie etwas schreiben sehen. Kein Tagebuch, nichts.«

Das Kind hatte sich von der Treppe abgewendet und schritt auf den Bach zu. Der Boden war uneben und dort trotz des Grases hart, und das Kind taumelte im Gehen. Drüben kam Valentin unterhalb der Anstalt an, verließ den Pfad und stieg sehr langsam, mit unsicheren Schritten den Hang hinauf. Das Gras leuchtete im Abendlicht, einige Male blitzte die Weinflasche auf, mit der Valentin, wenn er sie ansetzte, ins Rudern geriet. Sie sprang hoch und holte das Kind ein, bevor es den Bach erreicht hatte, und ihm blieb nichts weiter übrig, als den beiden zu folgen. Der Bach war nur knöcheltief und sein Wasser glasklar. Ein paar

Steine ragten aus dem braunen, wie schlammigen Grund, und der Uferrand war hier so hoch, dass sie das Kind festhalten mussten. Es schrie, als er den Arm um es legte, hörte aber schnell damit auf, zeigte auf das Wasser und wiederholte noch und noch den gleichen einsilbigen Laut. Sie zog ein Papiertaschentuch hervor, fand zwei Kassenzettel in ihrer Jacke und gab sie dem Kind auf die Hand.

»Wie alt war er denn?«

»Jung«, sagte sie, »vielleicht zwanzig.«

»Und einen ganzen Sommer lang keinen Besuch.«

»Dabei hatte er durchaus seinen Charme.«

»Für eine Frau, die Taugenichtse mag.«

»Nicht das. Mir war er zu jung. Und außerdem auch zu schüchtern, fast hilflos.«

Er hielt das Kind weit nach vorn, es öffnete die Hand, und die Zettel trudelten auf das Wasser hinab, und während sich der eine zwischen zwei Steinen verfing, glitt der andere rasch davon. Das Kind wies lachend auf das Wasser oder auf dieses Papierschiffchen und wiederholte weiter denselben Laut. Er setzte es ab, und als sie die Arme ausbreitete, ließ es sich bereitwillig darin aufnehmen.

»Am besten liest du jetzt weiter.«

»Weißt du noch das letzte Wort?«

»Ich bin auch mit dem vorletzten einverstanden.«

Die Stelle war schnell gefunden. Der Ältere mit dem Tripper und ohne Motorradlederjacke ließ durchblicken, dass er ein Verhältnis mit zwei Krankenschwestern hatte.

»Ausgerechnet.«

Und natürlich wussten die beiden Krankenschwestern nichts voneinander. Die eine war ein gar zu blasses Geschöpf, das sich nicht dagegen wehrte, egal ob der Ältere sie in die Küche oder auf das Bett bugsierte. Die andere war das Gegenteil von ihr und hatte mit leicht sadistischen Einfällen den Älteren wenigstens auf dem Laken unterworfen, was der Erzähler nur die Leser, nicht den Jüngeren wissen ließ.

»Zu dick«, sagte sie, als er vorlas, dass das Lager für den ganzen Pornokrimskrams früher eine Kapelle gewesen sei, »Pornografie als Fortsetzung der Ikonografie, das muss nun doch nicht sein.«

Das Kind fing an zu quengeln, es wand sich in ihren Armen und versuchte herauszuschlüpfen.

»Ich kriege kalte Hände«, sagte er und klappte das Buch zu.

»Da, schau«, sagte sie zu dem Kind, »der Valentin.«

»Wenn du so hinüberzeigst, wird doch noch jemand auf ihn aufmerksam.«

»Bist du wirklich so ängstlich?«

»Nein, vorsichtig. Und nicht wegen mir.«

»Du kennst dich noch zu wenig aus hier.«

Das Kind blickte zum Hang hinüber, aber nichts verriet, ob es Valentin, der stehen geblieben war und mit seinem Stock im Gras herumstocherte, entdeckt hatte.

»Er versteckt die Flasche«, sagte sie, »davon hat er mir erzählt.«

»Wenn das alle machen, muss der Hang ein einziges Vorratslager sein, durchlöchert wie ein Käse.«

»Achtung.«

Valentin setzte noch einmal die Flasche an. Auch das Kind schien ihn jetzt zu beobachten, jedenfalls blieb es ruhig zwischen ihren Armen stehen. In seiner dunklen Kleidung erschien der Trinkende wie ein Schattenriss, wovon die Flasche einen Moment lang größer aussah als er. Dann war der Moment vorüber, und Valentin versenkte sie in der Erde.

»Einmal habe ich ihn im Auto hochgebracht«, sagte sie. »Es war schon dunkel gewesen, und im Hof waren lauter ältere Männer herumgestanden, und keiner hatte ein Wort gesprochen. Als Valentin ausgestiegen war, ist einer auf ihn zugegangen und hat ihm die Flasche aus der Hand gerissen.

Alles ging völlig stumm vor sich, und niemand von den anderen hat sich bewegt. Ich habe rasch gewendet und bin seitdem nie wieder hochgefahren.«

»Ist der denn nie betrunken?«

»Nur wenn ihm jemand Schnaps in den Kaffee gibt. Schnaps hat eine andere Wirkung auf ihn als Rotwein. Er wird ausfällig und trumpft mit den hässlichsten Witzen auf. Aber sonst ist er ruhig. Manchmal will er sich nützlich machen auf dem Hof, doch das geht nicht mehr.«

»Was war er denn von Beruf? Hatte er mal einen Beruf?«

»Wenn er munter ist, erzählt er davon, dass er Dachdecker war. Es muss ein großes Gefühl für ihn gewesen sein, hier oben in der Bergluft allein auf einem hohen Dach zu stehen und zu jauchzen.«

»Aber jetzt? Jetzt jauchzt er nicht mehr?«

»Weil Herbst ist. Immer im Herbst spricht er davon, dass er die Anstalt verlassen wird, doch daheim scheint ihn keiner zu vermissen.«

»Hat er noch jemanden?«

»Ich weiß von zwei Schwestern, aber ich weiß nicht, wo sie wohnen, ob sie überhaupt noch am Leben sind. Jeden Herbst will er zurück, wochenlang spricht er davon, wenn er überhaupt etwas sagt. Aber sobald der erste Schnee fällt, hört er damit auf.«

Er wandte den Blick von der Anstalt weg.

»Wir könnten zur Straße hinauf«, sagte er. Das Kind wehrte mit lauten Schreien alle Versuche ab, es zum Gehen zu bewegen, und wollte nur von seiner Mutter getragen werden. Sie nahm es vor den Bauch, so dass es die Beine um ihre Hüften schlingen und sie es leichter halten konnte. Hangauf atmete sie heftig, obwohl sie das Steigen gewohnt sein musste. Er überflog die nächsten Seiten, während er neben ihr ging. Sie fasste nach seiner Hand.

»Spürst du, wie mein Herz klopft?«

Das Kind bäumte sich zwischen ihnen hoch, doch ließ es sich nicht auch küssen. Es schien ihm mehr Spaß zu machen, immer im letzten Moment den Kopf wegzudrehen.

»Es hat schon kalte Hände.«

»Ich mache als erstes Feuer«, sagte er, »offenbar verbringt ihr hier die Abende vor der Ofenklappe.«

»Ich kann's auch machen, wenn du noch etwas aufschreiben willst.«

»Aber ich mache es gern. Es erinnert mich an früher, als meine Mutter morgens vor der Schule schnell noch Feuer gemacht und die Kleider zum Wärmen über die Herdstange gehängt hat.«

Sie gingen einen umgepflügten Acker entlang zur Straße hoch, und er musterte die Furchen.

»Eine Kartoffel. Soll ich sie holen fürs Essen?«

»Dann trägst du den halben Acker mit ins Haus.«

Er spürte den Impuls, das Kind auf die Kartoffel hinzuweisen, ließ es aber sein.

»Wie lange ist Valentin hier im Tal?«

»Keine Ahnung. Er war schon da, bevor ich herkam. Man kriegt es nicht recht heraus aus ihm. Er widerspricht sich oft, je nachdem wie viel er getrunken hat.«

»So viele Gläser so viele Jahre.«

»Wenn nicht Jahrzehnte.«

»Aber dir vertraut er?«

»Ich denke schon. Er hat mir sein Tagebuch gegeben, eigentlich ein Schulheft. Stell dir vor, mit Gedichten.«

»Gedichten?«

»Ja, einige Texte reimen sich, der längste über seine Kindheit allerdings nicht. Man hat ihn oft geprügelt, weil er lieber mit seinem einzigen Freund loszog, statt die Ziegen zu hüten, und dann gingen die Ziegen aufeinander los und verjagten sich gegenseitig in alle Winde.«

»Wie ist es denn geschrieben?«

»Ein bisschen wie ein Schulaufsatz.« Sie lachte. »Nichts zum Übersetzen. Aber zwei Stellen haben mich ergriffen: Wie sein Vater als Soldat an die Grenze musste, um sie vor den Deutschen zu schützen, und wie die Familie später erfuhr, dass er von einer Lawine getötet worden war.«

»Aber es war doch sein Vater, der ihn wegen der Ziegen geprügelt hat. Mich zum Beispiel gäbe es nicht, wenn Hitler-Deutschland nicht Russland angegriffen hätte, denn irgendwo dort in den Weiten ist der erste Mann meiner Mutter umgekommen.«

»Ein Mensch ist kein Beispiel, ich zum Beispiel möchte mit keinem Beispiel zusammensein.«

»Aber mit einem Vorbild?«

»Sicher nicht mit einem männlichen.«

Ganz oben rasten die Autos durch das Tal, nur wenige, aber zwischen den Dörfern drehten die Fahrer kräftig auf. Die Sonne war unter die Tannen getaucht und hatte am Himmel einen rötlichen Schimmer zurücklassen. Es wurde kälter.

»Und wie geht deine Geschichte weiter?«

»Ich wurde erwachsen, zog aus und fand eines Tages hierher.«

»Und du hast dich verliebt.«

»Woraus schließt du das?«

»Weil du so viel ins Ungesicherte redest.«

»Der Kerl hat beide Krankenschwestern angesteckt und sucht erst jetzt eine Klinik auf.«

»Aber nicht die, wo die zwei Krankenschwestern arbeiten.«

»Aber danach will er sich mit der einen verabreden.«

»Der blassen?«

»Ja, der blassen, doch die ist in einer Prüfung, und so lässt er sich zur anderen durchstellen. Ein Abendessen mit allem Drum und Dran zeichnet sich ab.«

»Wenn ihnen nur nicht der Appetit vergeht.«

Sie setzte das Kind ab, es drängte sich sofort gegen sie und streckte die Arme hoch. Er steckte das Buch weg und schwang das Kind auf seine Schultern. Sie gingen die Straße entlang, und das Kind begann, wieder vor sich hinzuplappern und die Beine zu schlenkern. Als er einen Fuß festhalten wollte, nölte es sofort los.

»Ich habe den Schluss überflogen.«

»Und?«

»Findest du die Geschichte nicht abtötend?«

»Jetzt möchte ich halt auch den Schluss wissen. Vielleicht ist an der Geschichte doch was dran.«

Er fasste noch einmal nach dem Fuß des Kindes, rannte ein paar Schritte, das Kind hoppelte auf seinen Schultern und jauchzte, und das Hoppeln tat auch seinen Schultern gut.

»Also die eine fesselt ihn ans Bett, steigt noch einmal auf ihn drauf, und als gleich danach die andere an der Tür klingelt, sagt sie: Prima Timing, was?«

»Kastrieren sie ihn? Die könnten ja sowas.«

»Kurz bevor er den Arm aus der Lederschlinge gekriegt hätte, beginnt die Betäubungspille zu wirken.«

»Und dann?«

»Dann ist die Geschichte aus.«

Er rief es, während ein Traktor mit leerem Anhänger an ihnen vorbeidonnerte.

Sie hielten auf das Dorf zu mit der Kirche, dem Bahnhof und einer Schule, in die, wie sie erzählt hatte, immer weniger Kinder gingen. Die leerstehende Uhrenfabrik wollten ein paar junge Leute in ein Kulturzentrum umwandeln, doch war noch offen, ob sie hartnäckig genug bleiben oder ob sie das Tal wieder verlassen würden, bevor die Gemeinde entschieden hätte.

Er legte einen Arm um ihre Schultern, aber sie sagte, es wäre ihr wohler, wenn sie hintereinander gingen. Einige Autos rasten an ihnen vorbei, und vorn glommen die Straßenlampen im Dunst. Das Kind sprach wieder seine Silbe vor sich hin. Dabei verweilte es auf den Konsonanten und stieß den Vokal nur an: ngö, ngö, ngö …

»Ende August sagte Arne, er gehe nach Frankreich zur Weinernte, Geld verdienen, und obwohl es noch zu früh für die Weinernte war, ist er dann tatsächlich gegangen.«

»Ich habe mir das auch einmal vorgestellt, einen schönen Herbst lang in Südfrankreich der Weinernte hinterher. Abends einen Laib Brot und einen Liter Wein und ein verwanztes Bett, alles kostenlos.«

»Und hast du es gemacht?«

»Nein. Ich hätte nicht einmal gedacht, dass mich jemand, also dass du mich noch einmal daran erinnern könntest. In der Türkei war ich übrigens auch noch nie. Und Arne, hat er es je in die Türkei geschafft?«

»Ich denke nicht, aber ich weiß nicht, wo er die zwei Jahre war, bestimmt nicht in Deutschland beim Militär. Er ist jetzt noch verschlossener als damals und lange wird er nicht bleiben können. Hier im Ort fällt jeder Fremde auf und jeder Ausländer sowieso.«

Die Autos kamen in Schüben, immer ein paar hinter dem langsamsten her.

»Ich also auch.«

»Du also auch.«

Er griff nach hinten, um das Kind ein wenig von seinen Schultern zu lüpfen, und an der Tankstelle, wo der Ort anfing, setzte er es ab. Es stakste sofort auf die Zapfsäule zu, angestrahlt von der Neonröhre unter dem Dach.

»Es hat deine Augen.«

»Aber sonst sieht es mir nicht ähnlich.«

»Die Haare werden bestimmt noch dunkler.«

»Ich war aber auch als Kind nicht blond. Und die Haare allein machen's nicht aus. Aber es ist nicht so wichtig, wem es ähnlich sieht, wenn es ihm nur gut geht.«

Sie sahen eine Weile zu, wie das Kind am Zapfhahn herumfingerte. Direkt neben der Tankstelle saß der Pächter tief nach vorn gebeugt in der Werkstatt und schien Rechnungen auszuschreiben. Das Kind konnte den Zapfhahn nicht ausheben, es begann zu brüllen, und sie nahm es auf den Arm, doch wurde es erst leiser, als die beiden rasch weitergingen und es den Zapfhahn nicht mehr sah. Zwischen den Häusern löste sich der Dunst auf, der Schein der Straßenlampen wurde gelblich, und darin sahen sie ihren Atem.

»Er ist müde«, sagte sie und schaukelte das Kind ein wenig. Drei Jungen rasten auf knatternden Mopeds die Straße entlang, weit über die Tanks gebeugt, die Füße hinten auf den Gepäckträgern. Er legte den Arm um sie und versuchte mit dem anderen Arm, das Kind anzuheben.

»Lass nur, es ist mir nicht zu schwer.«

»Vielleicht ist es eine moralische Geschichte«, sagte er, »junger Mann wird Opfer von sadistischen Praktiken, an denen sein Bruder so viel verdient, dass es für eine echte Motorradlederjacke reicht.«

»Und sein Tripper? Für eine Geschichte mit Moral sind die beiden Frauen zu clever. Die gehen aufs Ganze.«

»Wie meinst du das?«

»Es ist eine besondere Gier.«

»Die du ihnen nicht verargst.«

»Es ist halt wieder eine männliche Vorstellung, dass sie auf diese Weise auch ihren Spaß haben sollen.«

Das Kind wimmerte leise vor sich hin, vielleicht war es auch eine Art Singen. Vor dem Garten des Nachbarhauses erblickte er die Katze, die oft mit heraushängender Zungenspitze in den schwarzen kahlen Ästen des Apfelbaums saß. Sie hatte nur noch ein Auge und mit diesem Auge starrte sie herab.

»Ich will dir die böse braune Katze zeigen.«

Das Kind wurde still und sah mit unbestimmter Neugier hinauf. Das Nachbarhaus war von aufgestapelten Scheiten Brennholz wie von einer zweiten Schale umschlossen. Sie lehnte sich gegen ihn.

»Ich möchte nicht, dass es jemals alltäglich wird zwischen uns.«

»Spricht man vom Ende, hört man es kommen.«

Sie bogen auf den Kiespfad hinter dem Garten ein. Die Fenster waren dunkel, und tief unten am Bach war der Nebel so dicht geworden, dass sie von der Anstalt drüben nur ein paar verschwommene Lichter sahen.

»Tapptapptapp«, sagte sie, »das wird es nicht sein.«

Als sie nach dem Schlüssel kramte, wurde das Kind immer unruhiger, und sie musste es absetzen. Es drängte gegen sie, langte nach dem Schlüssel und gab sich erst zufrieden, nachdem sie die Haustür aufgesperrt und ihm den Schlüssel auf die Hand gegeben hatte. Die beiden schauten auf den Himmel zurück. In den nächsten Tagen würde es schneien, das erste Mal in diesem Winter. Vielleicht konnte er bis dahin bleiben und vielleicht konnte er schon zu Weihnachten wiederkommen. Dann würde es in den Nächten so kalt sein, dass in der Küche die Milch im Krug gefror.

Ein Tag unter der Woche

Wie könnte in eine Geschichte, die vom Song einer englischen Rockband in den frühen 1960er Jahren begleitet wird, nicht die Liebe hineinspielen, ob Haut an Haut, ob in D-Dur? Vermittelt von einer Fernfahrerzentrale saß ich unterwegs zu Helma die Nacht hindurch neben einem wortkargen Mann, der seinen Lastwagen nach Holland steuerte und mich bis Remagen mitnahm. Froh, nicht viel reden zu müssen, bald schlaftrunken und verträumt sowieso, lehnte ich mich auf dem Nebensitz in das mäßige Schaukeln des geheizten Führerhauses, in der Tasche meines Anoraks die Zahnbürste und das Buch mit den Briefen von Kafka an Freunde, Frauen, Verleger und andere, die sie verdienten. Helma und ich hatten uns in den vielen Wochen, in denen wir uns nicht sehen konnten, noch und noch Briefe geschrieben, und ich achtete empfindlicher denn je auf meine Regungen, Gedanken und Gefühle, durchbebt von den bohrend schlanken, tief ins Innere greifenden Sätzen von Kafka, der, was mir mit 19 unabweislich war, übermenschlich gelitten hatte, gar wie Jesus selbst. Das »keusche Gedenken«, das er 1900 in ein Album von Selma K. eintrug, abgedruckt auf der ersten Seite des Buches, habe ich mir über Jahrzehnte hinweg bewahrt und später Kafkas Briefe nur noch kurz zur Hand genommen, weil mir, wenn ich zu lange darin las, auch mit 39 alle Selbstgewissheit und Zuversicht auf ein Gelingen meiner ohnehin brüchigen Pläne verloren ging.

Wie bin ich von der Ausfahrt bei Remagen in die Stadt gekommen? Sicher nicht im Taxi. Wahrscheinlich hatte der Fahrer die Autobahn verlassen, damals vom eigenen Fahrtenschreiber längst nicht so überwacht wie heute, und mich bis dorthin gefahren, von wo ich es zu Fuß schaffte. Mit müden Beinen verbrachte ich den halben Vormittag in einer ziemlich leeren, absolut bürgerlichen Gaststätte, zu erregt, um mehr als einen Beuteltee hinunterzukriegen, bis mir der Kopf auf die Brust, dann auf die Tischplatte sackte und eine ungehaltene Wirtin mich angetippt und aus einem sengend schwarzen Nichts gerissen hatte. Wieder draußen fand ich auf den

Weg, den Helma im letzten Brief beschrieben hatte, ich stellte mich neben dem Schulhaus auf und lauerte auf den Moment, an dem sie unter irgendeinem Vorwand oben an das Fenster treten und wie abgemacht das kaum auszuhaltende Warten auf den Schluss des Unterrichts um ein heimliches Zeichen unauslöschlicher Liebe bereichern würde: ihr Innehalten, während sie das Fenster öffnete, ihr kaum sichtbares Lächeln, ihr Innehalten, bevor sie das Fenster wieder schloss, ihr hellblauer Pulli, das schmale Gesicht, umrahmt von blonden Haaren, mit denen sie manchmal vor dem Lehrer ihren linsenden Blick auf das Heft ihrer Nachbarin verbarg.

Als die Schule endlich aus war, konnte ich zusammen mit Helma durch den Ort zum Rhein schlendern und hinab zur Fähre nach Kripp am anderen Ufer, sittsam, um nicht noch einmal zu sagen, keuschen Gedenkens neben ihr her, schwer darauf bedacht, dass keine Tratschtante ihrer Mutter zutragen könnte, sie habe ihre Tochter Hand in Hand mit einem jungen Kerl gesehen. Und doch war ich Helma so nahe wie seit Wochen erhofft! Trotz des Nieselregens war ich schon aus Prinzip ohne Schirm und ließ auch die Kapuze unten, ich wäre mir sonst wie ein Trottel vorgekommen, und jetzt hielten mich die kalten Tropfen sogar wach genug, um das Gespräch, in dem wir jedes Wort über unsere Liebe mieden, am Laufen zu halten wie einen murmelnden Bach. Damit ihre Mutter keinen Verdacht schöpfte, setzte Helma nur eine Fähre später als sonst über den dunkel fließenden Rhein und strebte drüben im Mantel meiner Blicke dem Haus ihrer Eltern nahe am Ufer zu, knapp noch pünktlich zum Mittagstisch und falls doch zu spät, dann nicht so spät, dass es einen Hausarrest setzte.

Danach würden wir uns erst zum Kaffee in der Eisdiele, wo junge Leute wie wir saßen, treffen können, solch ein Gang in die Stadt und eine Verabredung mit ihrer Freundin stand Helma frei, sofern sie die Hausaufgaben gemacht oder ihre Mutter beschwatzt hatte, sie würde alles, was heute noch zu lernen war, bis zur Schlafenszeit hinkriegen. Ohne zu wissen wohin, war ich zum Bahnhof gestrolcht, leerte dort eine Tüte Fritten und zu ungeduldig, um lange zu sitzen, kehrte ich wieder durch die mir langsam bekannten Straßen an den Rhein zurück. In meinem erzwungenen Müßiggang tänzelte ich über die nassen Steine am Ufer und kam mir dabei vor, als könnte mir keiner. Die Häuser gegenüber schienen mir allerdings von abweisender Fremdheit, standesgemäße Wohnstätten besserer Leute, mit natürlichen besseren Manieren und der beiläufigen Kunst, sich so gewandt auszudrücken, wie ich in Jeans und Jacke schlüpfte.

Wieder nahm ich die Briefe von Kafka hervor und versuchte, an ihren Sätzen entlang ähnlich scharfsichtig meine Schwächen und andere Kümmernisse zu durchleuchten, ich wollte meine Verzagtheit an sich bedenken, meine eigenbrötlerische Schuld gegenüber dem sogenannt vollen Menschenleben und gegenüber Helmas Eltern, deren Eigenheim mich selbst aus der Ferne einschüchterte. Eigentlich war ich beim scheinbar lässigen, in Wahrheit ratlosen Herumstromern durch meine Jugendjahre noch nie in eine Situation geraten, in der ich mich hätte bewähren können. Ich suchte nach einem geeigneten Stein und machte es mir mit dem offenen Buch in der Hand für zehn Minuten darauf bequem, und dann schaute ich mich nach einem anderen Stein um und nach einer Weile nach einem dritten und dann nach keinem mehr, und endlich sah ich Helma drüben am anderen Ufer zur Fähre gehen: zügiger noch wie vor drei Stunden und doch beherrscht, als wollte sie nur insgeheim im Rhythmus meines Herzschlags den Rhein entlanghüpfen.

So war ich zum zweiten Mal an diesem Tag bester Dinge, als wir zusammen in der Eisdiele saßen und selbst den bitteren Filterkaffee als gutes Omen nahmen, nachdem ich ein Milchshake direkt unwirsch verschmäht hatte. Alles mulmige Gefühl und alle irgend existenziellen Zweifel waren verflogen, denn Helma war da, endlich für länger, wenn auch nicht für ewig, sah ich ihr in die Augen und wollte keines ihrer Worte jemals vergessen. Sie hatte sich losgemacht von ihrer Mutter, die wohl eben ihren Mann mit einem Anruf im Büro beim Ausbau seiner Nachkriegskarriere störte, nur um ihn wissen zu lassen, dass ihr Kind bei ihrer Freundin, die später Ärztin werden wollte, sei und dort gut aufgehoben. Nein, Helma saß bei mir! Und wir saßen zusammen wie all die anderen ewigen Liebespaare auf dieser Welt, einzig darum war ich 300 Kilometer, vom gleichmütigen Fahrer in meinem Hoffen und Zittern belassen, durch die Nacht das finstere Rheintal hinabgebrettert. Da war Helmas Stimme, ihr mich bewegender, so behutsamer Tonfall, und da war die Art, mit der mich Helma nie anders als mit einer ganz eigenen Zärtlichkeit berührte, selbst wenn sie mir bloß mit dem Finger auf den Handrücken tupfte, und da waren die Worte, die sie mir sagte und von denen ich kein einziges mehr weiß. Ich weiß auch nicht mehr, worüber ich redete, bestimmt über Kafka, seine Hunderte und Aberhunderte makellosen, von keinem Lektor, keinem Literaturagenten nachgebesserten Sätze, ohne jedes falsche oder bloß beschönigende Wort, ohne ein schiefes Bild, und womöglich habe ich an die untergründig erotische Ader seines Schreibens gerührt, und Helma ahnte es.

Die ganze Zeit in der Eisdiele, während unsere Blicke wieder und wieder ineinander verschmolzen, lief irgendwo im Rücken des Barmanns das Radio, ein Geplapper und Gedudel, wie es an den Sinnen junger Liebender unbeachtet vorbeizieht, bis aus der Tiefe des Lautsprechers die Akkorde D, E, G, D6 in mäßig schnellem 4/4-Takt hertrieben und das »Ooo I need your love, babe, guess you know it's true« mich mitriss, John Lennon als Leadsänger, obwohl, wie ich viel später erfuhr, McCartney diesen Song mit ins Tonstudio gebracht hatte. Der Refrain drang mir auf Anhieb ins Herz, zum Wundern weich und anheimelnd zugleich, sagte doch auch meine Mutter, wenn sie eine ganze Woche meinte, acht Tage, in acht oder vor acht Tagen und so gut wie nie in oder vor sieben Tagen. Sie ging acht Tage in die Fabrik, wo es nur fünf waren, und doste

Pillen gegen irgendwelche Krankheiten ein, die ich sicher nie bekommen würde, fünf Arbeitstage mit freiem Wochenende, aber für sie blieben es gefühlte acht Tage.

Als die letzten Akkorde von George Harrisons Gitarre wegtrieben, hatte ich »Eight Days A Week« zum ersten Mal gehört, obwohl der Song wie üblich gleich an die Spitze der US-Charts geschossen war, und ich habe Helma gesagt, ich würde immer, wenn ich künftig diesen Song zu hören bekäme, an den Moment denken, an dem ich ihn zum ersten Mal gehört hätte: mit ihr, in dieser Eisdiele, in Remagen, und sie hat sogleich verstanden, wie es gemeint war und immer gemeint sein würde, auch wenn sie mir nicht unbedingt glauben wollte.

Sobald mir »Eight Days A Week« danach begegnete, im Kaufhaus, im Eisstadion, auf einer Party oder selbst in der Toilette eines Restaurants mit dem heuchlerischen Zweck, natürliche Geräusche als peinliche zu übertönen, und erst recht, sobald ich diesen Song in Mono von »John and Paul. Occasionally George«, auf der LP »Beatles For Sale« von 1964 selbst abspiele, und das inzwischen selten genug: Ich denke noch immer an Helma und an den neonlichten Nachmittag bei Kaffee und Milchshake und weiß trotzdem nicht mehr, wie ich danach wieder nach Hause gekommen bin, ob per Autostopp, ob doch mit dem Zug, sollte mein Geld wenigstens für die Fahrt zurück gereicht haben.

Und zirka acht Wochen später in Mannheim ließ Helmas alte, von Krieg und Nachkrieg tief gebeugte Großtante in ihrer huldvollen List uns ungestört im Souterrain auf der Couch in ihrem Wohnzimmer. Während sie vorne still für sich genoss, ein paar Tage lang nicht wie sonst völlig allein in ihrer Wohnung herumzukramen, hielten auch wir uns zwischendurch ziemlich still und ließen ineinander verschlungen den nie ganz scharf zu stellenden Sender von Radio Luxemburg laufen, ob er einige Geräusche übertönte oder nicht. Im Nachmittagsprogramm fegte ein Beatles-Hit nach dem andern her, wie mit Wagnerscher Leitmotivik immer wieder zwischen den meerblauen Harmonien der Beach Boys, den verqualmten Reimen der Kinks, der gossenhaften Ekstase der Rolling Stones, den Who, die den Song ihrer Generation abstotterten, dem lockeren Glockenschwung der Supremes mit ihrer inbrünstigen Warnung: »Stop in the name of love before you break my heart«, für uns endgültig dann zu spät, wenn die Akkorde D, E, G, D6 in mäßig schnellem 4/4-Takt erklangen und das »Ooo I need your love, babe, guess you know it's true« uns fortriss. Unsere Hände, meine Irgendwie-Hände und Helmas zärtliche Finger, waren bald ähnlich oft unter den Kleidern wie darüber, und das bis zum Abendbrot hin, für das wir eingekauft hatten, und zu dem wir uns nach vorne drückten an den Tisch von Helmas Großtante, und am letzten Abend vor Helmas Fahrt zurück nach Remagen kam eine Portion dazu von der Lieblingsleberwurst ihres Vaters, Helmas übliches Mitbringsel aus der nahen Metzgerei, die längst wechselnden Shops gewichen ist.

Am ersten Abend wieder für vielleicht acht Wochen allein, ging ich im Keller der Gaststätte ein paar Straßen weiter Kegel aufsetzen, für ein Taschengeld drei Stunden lang angeödet von den munteren, bald laut und lauter witzelnden und lachenden Kegelbrüdern, die ich für mich Kriegsteilnehmer nannte. Nach jedem Wurf jagte ich ihnen die Kugel in der hölzernen Rinne neben der Bahn zurück, mit viel Schwung, damit sie vorn ankäme, aber auch so gut gezogen, dass sie unterwegs nicht aus der Rinne sprang und zum Ärger des Sportsmanns, der für den nächsten Wurf posierte, auf die Bahn depperte. Helma musste längst in Kripp angekommen sein und vielleicht schrieb sie, gelöst aus der

Umklammerung ihrer Eltern, gerade an einem Brief für mich, worauf ich nach zwei, drei, nach gefühlten acht Tagen unruhigen Wartens und nie sonntags, kaum dass ich das Kuvert aufgerissen und die Blätter entfaltet hätte, die Spuren ihrer Tränen sehen würde. An einem Tag unter der Woche würde ich den weißen Schimmer des Kuverts in den sonst dunklen Löchern des Briefkastens erblicken, und die Beatles würden mir so fern sein wie meine Mutter und der Rest der Welt. Das Glück gehört dem Augenblick. Ein schärferes Gedächtnis hat nur sein Widerpart, die Trauer, und hält viel länger an, wenngleich nicht so lange, bis Helma irgendwann, eine Folge verwehender Jahre, alle meine und ich alle ihre Briefe verbrannt hatte. Und als sich Jahrzehnte später noch einmal unsere Wege kreuzten und Helma mich auf ihre rätselhaft offene Weise ins Vertrauen zog, dass sie ihrer zuletzt ganz vereinsamten Großtante geholfen habe zu sterben, war die Trauer nurmehr eine erinnerte, mit der jetzt auch diese Geschichte samt ihren angedeuteten Einzelheiten verklingt, ja verklungen ist.

Maserungen

Sie folgten der schmalen Straße, ohne ganz sicher zu sein, ob es die rot markierte auf der Wanderkarte war, Autos kamen ihnen nicht entgegen und sie wurden auch von keinem Auto überholt. Nein, keine Straße, sagte sie, es sei ein Weg, und er mutmaßte, ein Wanderweg, den man asphaltiert habe, darüber beschwerte sich immer wieder mal jemand mit einem Leserbrief in den Berner Zeitungen. Als sie nahe genug heran waren, war es ein Holzhaus und doch keine Scheune, was da allein auf der Anhöhe stand, umgeben von einem Stück Wald. Aus dem finsteren, unbewegt starrenden Grün der Tannen und Fichten stachen die verfärbten Laubbäume hervor, hell und stark selbst in ihrem zartesten Gelb, in dem sich das Licht des Sommers noch zu halten schien. An der Wand des Hauses hingen die Weinblätter in Flammen, ihr orangenes bis grell rotes Fächeln setzte sich in den braunen Maserungen des Holzes fort. Das war der Herbst. Man konnte nur Dinge malen, die ihn zeigten. Sie sagte, oder Dinge, in denen der Herbst sich zeigt. Dachte er nach? Eher schien es in ihm zu denken, ohne dass es zu Wörtern kam und eins weiter zu Begriffen. Eins weiter? Es sollte nicht zu lange still bleiben zwischen ihnen.

Solche dichten, vereinzelt aus den Ebenen ragenden, im Innern verstrüppten Waldstücke kannte er von einer Reise durch die englischen Midlands, und er hatte eine Erzählung aus dem ersten Weltkrieg gelesen, in der ein Wäldchen dieser Art zum Schauplatz für das still angespannte Geschehen frühmorgens vor einer Schlacht geworden war, am Ende tödlich für einzelne Soldaten dort, aber ohne Bedeutung für das Kriegsgeschehen insgesamt. Schon schob sich das innere Bild eines Gemäldes vor, grotesk verzeichnete Leichen in schütteren Graben zwischen zerfetzten Baumstämmen und Gesträuch. Auch damals, während er die Erzählung las, hatte er nicht zu denjenigen gehören wollen, denen eine Zigarette erst dann schmeckte, wenn es ihre letzte sein konnte.

Sie sagte, sie habe lange darüber staunen müssen, dass das kräftige, von keinen Brauntönen gebrochene Blutrot von Blättern nicht nur künstlich erzeugt werden konnte, sondern so in der Natur vorkam, es wurde, wie viele andere Farben auch, von der Natur selbst hergezaubert. Und er fragte, ob nicht das Naturschöne ohnehin das Kunstschöne hervorgebracht hatte. Die Menschen als natürliche Wesen waren vielleicht von Anfang an, sofern es überhaupt einen Anfang gab, was kaum denkbar war, empfänglich für die Eleganz von Linien, für die Form eines Berges, den Fluss der Bewegungen fort stiebender Herden. Das konnte die Schnittstelle gewesen sein: die Entdeckung, dass die Welt schön war und dass sich dies an einzelnen Wesen und Dingen zeigen ließ. Und wenn dies jemandem gelang, musste ihm ein Gott die Hand geführt haben, weil die Götter mehr mitzuteilen hatten als Drohungen und Strafen. Sie sagte, es sei ein arg kühner Bogen, den er da zog.

Weiß man, wovon man spricht, wenn man das Wort Natur ausspricht? Ist es nicht eines der vielen Wörter, mit denen man sich weiterhilft im Gespräch, ohne dass man weiß, was genau es heißt? Er sagte, aber so kommt man vorwärts, während man redet. Sie sagte, und eigentlich erfährt man gar nicht, ob der andere oder die andere das Gleiche denkt, wenn beide die gleichen Wörter gebrauchen. Er sagte, bleibt da nicht immer ein jeweils eigener, niemandem mitteilbarer, folglich nie zu erkennender Rest? Aber man braucht diesen Rest eigentlich nicht, sagte sie, um miteinander zu sprechen, und man bleibt so ein Individuum, auch im einvernehmlichsten Gespräch. Dieser Rest, sagte er, ist der unverfügbare Grund, auf dem das Gespräch anhebt. Sie sagte, und warum spricht man überhaupt? Um sich zu grüßen und sich zu necken? Willst du hören, dass ich sage, um Häuser zu bauen, Maschinen, Schiffe, Eisenbahnen? Man könnte, sagte sie, auch fragen, seit wann spricht man? Und darauf wenigstens antworten, sagte er, dass die Wörter den Wunsch, ausgesprochen und verstanden zu werden, in sich tragen. Das ist der unmessbare, positivistisch nicht nachweisbare Teil der Sprache. Anzukommen im Angesprochenen, sagte sie. Und der Philosoph würde sagen, in dem oder in der Angesprochenen findet sich auch das Angesprochene ein. Hochwohlgeboren. Hoppla. Sie sagte, und gelegentlich feiern wir diese Einheit, zum Beispiel heute. Er sagte, die Dinge selbst freilich bleiben, wo sie sind. Wo sie werden und vergehen, sagte sie.

Das Stück Wald, das sie langsam hinter sich gelassen hatten, war ihm schließlich wie eine

Kulisse vorgekommen für das Holzhaus und das Leben darin, von dem sie rein nichts bemerkt hatten. Umgrenzt von Feldern und Äckern, schien die Anhöhe wie übrig geblieben nach dem großen Roden oder vor Jahrzehnten eben so angelegt. Die Ackerschollen, erst vor kurzem umgegraben, waren noch scharf umrandet und bildeten ein schwarzes Meer aus Erde, aus der sie wie eine Insel ragte. An der kleinen Kreuzung nahmen sie wieder die Wanderkarte heraus, und dann wandten sie sich dorthin, wohin sie auch ohne einen Blick auf die Karte gegangen wären. Mit der Anhöhe samt Haus und Waldstück im Rücken, blickten sie nun über das Tal hinweg. Nur die Baumwipfel hinter ihnen waren höher, und neben ihnen senkte sich ein Acker ins Tal hinüber. Durchzogen von weißen Schlieren war der blaue Himmel weiter als alles, was sie von der Landschaft sahen.

Und eben wegen dieser Landschaft waren sie, einen freien Tag ausnützend, während die Kinder erst am Abend von der Schule heimkommen würden, nach einer kurzen Fahrt mit dem Zug hier herauf gewandert. Am fernen Bergrücken gegenüber, dessen Tannendunkel wiederum gelb und rot durchpulst schien, staffelte sich einiges Gewölk wie in die Höhe getriebener und aufgequollener Dampf. Als seien hinter diesem Berg, unsichtbar für sie, mehrere Explosionen nebeneinander und etwa gleichzeitig gezündet worden. Er sagte, stell dir vor, der Menschheit gefiele ein blauer Himmel nicht, sondern nur ein lindgrüner oder ein knallroter, dann würde man unentwegt in die Museen gehen und nicht ins Freie. Das kann nicht sein, sagte sie, uns Menschen gefällt, was in einem weiten Sinn um uns herum ist, ja wovon wir selber herkommen. Sogar aus dem Weltall betrachtet, sagte sie, soll die Erde ja ein schöner und nicht ein befremdender oder gar erschreckender Anblick sein. Für uns, uns Menschen, sagte er, das hat sogar die Astronauten schaudern lassen, die ich mir doch nüchtern und sachlich und tüchtig und vor allem nicht verträumt vorstelle. Sie sagte, einmal in das All aufzusteigen, das ist auch ein Traum. Da gibt es Menschen, sagte er, eigentlich nur Männer, die die Erde als Planeten gesehen haben, frei schwebend im Raum. Lässt sich dieses Bild jemals vergessen? Sie sagte, ich will damit sagen, dass die Sinne der Welt entsprechen, in der sie, ja von der sie geschaffen wurden, etwas anderes kann es nicht geben. Oder höchstens als Verhängnis, als immerwährende Strafe, als Hölle auf Erden, sagte er. Nein, eine

Menschheit, der es auf der Erde nicht gefiele, würde auf ihr nicht überleben. Sie sagte, ist das auch eine Schnittstelle? Mehr als das, sagte er, es muss eine Schönheit sein, die an die Verantwortung appelliert. Hoffentlich, sagte sie, sind auch die Falschen dafür empfänglich.

Es ging nun hinab, nicht steil und nicht allzu lange, das Tal war nur leicht zwischen die sanften Hügelzüge eingeschnitten. Was ist Wandern anderes als ein scheinbar zweckloses Auf und Ab, das seinen Sinn in sich selbst findet und dafür doch so etwas wie ein Ziel braucht. Sie sagte, der Weg ist das Ziel, gell? Er sagte, wie in der Kunst? Und am Ziel wartet ein Gasthaus. Sie sagte, jeder Wanderer ein Künstler, das wird man in den Heimatverbänden für die Touristik ausschlachten. Er sagte, Ferienkünstler. Ja, sagte sie, Kultur im Angebot wie andere Optionen auch, Fahrräder, die man mieten kann, zum Beispiel. Er sagte, Zehnerkarten für den Mini-Golf. Sie sagte, es gebe noch freie Plätze für die Matinee am Sonntag im Casino.

Das Dorf unten hatten sie eine Weile nur als Ansammlung einiger Bauernhäuser und Scheunen betrachtet. Jetzt gingen sie zwischen frisch verputzten Einfamilienhäusern, und die Pflanzen in den Vorgärten waren jung und sauber wie manches Schotterbeet, dessen Rand sie zierten. Eine ältere Frau stand auf dem Trottoir, beugte sich über das Mäuerchen aus Bruchsteinen und schnitt den Lavendel zurück. Oben im Garten lag, die Vorderpfoten säuberlich nebeneinander, eine Katze und beobachtete sie, ohne sich zu rühren. Das stete Tuckern einer Baumaschine schwoll an, während die beiden die Brücke, in die sich das Trottoir fortsetzte, überquerten, unter ihnen ein Paar Eisenbahnschienen. Drüben jätete eine Frau im Vorgarten und richtete sich zwischen ihren Beeten auf, als sie nach einem Fußweg nach Worb fragten. Sie erfuhren auch, dass es im Dorf eine Wirtschaft gab, im alten Ortskern, dem Hang zu, nur ein kurzer Umweg, den sie gern auf sich nahmen.

Das Wort »Restaurant« hing in kräftigen schweren Buchstaben über der Tür des Hauses, das ihnen mit seiner Kante wie ein Schiffsbug entgegenragte. Die Tische und Stühle links davon standen im Schatten des Hauses, diejenigen rechts leuchteten dort in der milden Sonne, wo der Schatten einer noch vollen Linde nicht hinfiel. Sie nahm einen Stuhl und zog ihn von der Linde weg, und er trat in das ungewöhnlich enge Lokal. Von der Tür zum Tresen waren es nur ein paar Schritte, und es gab so wenig Platz für die paar Tische, dass er sich in einem Zimmer zu stehen glaubte. Er hörte ein Poltern von der schmalen Stiege hinter dem Tresen her, und eine ältere Frau kam kaum merklich humpelnd die Stufen herab. Sie würde die Getränke und die belegten Brote hinausbringen.

Neben der Linde hatten sie einen Blick über die Straße hinweg auf das nächste Bauernhaus und das kleine Wiesenstück davor, wo unter einem knorrigen Apfelbaum ein paar Kälber grasten. Daran vorbei sah man in das Tal hinaus, das sich dort, wo die Farben leichter und duftender schienen, zur Ebene erweiterte. Die Frau stellte die Gläser und Teller hin und sagte, Ihren Tonfall höre ich so gern, er hat für mich so heimatlich getönt. Er brauchte einen Moment, um zu verstehen, dass sie ihn gemeint hatte. Aber Sie reden doch akzentfrei Berndeutsch, sagte er. Ich bin auch schon seit einundvierzig Jahren hier, sagte die Frau, offenbar die Wirtin, doch aufgewachsen bin ich im Schwarzwald, und zwar im Süden, wo damals alles alemannisch gesprochen hat. Das habe sich freilich geändert wegen der Umsiedler, die noch während der letzten Kriegstage aufgetaucht und geblieben wären, und nach dem Krieg seien immer noch mehr nachgekommen. Darunter war auch eine Lehrerin, und bald habe sie als Kind in der Schule hochdeutsch sprechen müssen. Die Umsiedler und Flüchtlinge seien in dem Lager einquartiert worden, das während des Kriegs ein Arbeitslager gewesen war, und daneben habe es einen besonderen Bau gegeben, wo die Offiziere gewohnt hatten. Für sie habe ihr Vater gekocht, bis er dann doch noch mit ihnen an die Front im Osten verschickt worden war. Im letzten Brief hatte er geschrieben, dass er nicht glaube, der Krieg könnte noch lange dauern, und er werde bald wieder daheim sein. Aber er war nicht mehr heimgekommen.

Die Frau hielt inne, und er kam sich vor wie ein Kind, als er fragte, und dann? Dann hatte ihre Mutter die vier Kinder allein aufgezogen. Als die neuen Kirchenglocken eingeweiht wurden, habe aber nur sie hingehen dürfen, weil der einzige Wintermantel, den sie hatten, ihr am besten gepasst habe. Die Flüchtlinge hingegen hatten schon früh alle Wintermäntel bekommen, vom Roten Kreuz und von der Kirche. Weil ihre Mutter protestantisch war, hatte sie von dem katholischen Pfarrer nichts bekommen.

Die Frau hielt noch einmal inne, und er dachte nach, ob er sagen sollte, dass er aus der Kirche ausgetreten sei, aus der katholischen, aber die Frau redete schon weiter.

Ihre Mutter habe immer geglaubt, dass ihr Mann zurückkehren würde. Einmal als sie durch das Fenster der Dorfwirtschaft im Fernsehgerät die ersten schwarzweißen Bilder von Kriegsgefangenen sah, die Adenauer aus Russland zurückgeholt hatte, habe sie geglaubt, ihren Fritz darunter zu erkennen. Sie sei ganz nahe an das Fenster getreten und habe dann lange geweint. In den siebziger Jahren sei dann ein Brief gekommen, worin ihr Fritz für tot erklärt werden sollte, aber sie hatte das beigelegte Formular nicht unterschreiben können. Wenn du das nicht unterschreiben kannst, dann musst du es auch nicht tun, hatten ihre Kinder gesagt. Und so war ihr Fritz nicht für tot erklärt worden, und das sollte später das Verteilen der Erbschaft schwierig machen. Aber zuvor war die Großmutter gestorben, und auf dem Sterbebett habe sie gesagt, sie habe den Fritz vor sich gesehen, jetzt sei sie ruhig, denn sie wisse, sie werde heimgehen zum Fritz. Und da hätten alle gewusst, dass der vermisste Fritz tot war. Aber die Mutter habe nie etwas dergleichen unterschrieben.

Die Frau schwieg, blieb jedoch neben ihnen stehen. Ob sie denn noch ab und zu in den Schwarzwald komme? Er war froh um diese Frage, durch die es nicht allzu lange still wurde zwischen ihnen. Ja, sie fahre immer noch heim in den Schwarzwald, ihre Geschwister besuchen, und dort gewöhne sie sich schnell wieder an das Alemannische, obwohl die meisten Leute es nicht mehr richtig sprechen würden. Ja, es gefalle ihr hier im Bernischen gut, aber daheim sei man eben dort, wo man aufgewachsen sei, und wenn man hundert Jahre alt werde.

Einstein getroffen

Nachdem die beiden jungen Herren übereingekommen waren, wo sie sich von Neuem treffen wollten, war ihnen nach einer abschließenden Geste, die sie ihrer wechselseitigen Hochachtung schuldeten, um so ihre Abmachung zu bekräftigen. Kaum beachtet von den Passanten, wie sie sich in ihrem ländlichen Sonntagsstaat zum Bahnhof bewegten oder von dort betont geruhsam an den Pferdedroschken in Reih und Glied vorbei zur Spitalgasse, knöpfte jeder seinen schweren Mantel auf und nestelte aus der Tasche seines flott geschnittenen Anzugs, feinstem Harris Tweed, die Uhr hervor. Gleichzeitig die genaue Zeit und damit auch die gleiche Zeit zu nehmen, war aber gar nicht einfach. Den beiden Herren wurde auf einmal gewahr, was sie längst gewusst und was darum der eine Herr nie hinterfragt hatte: dass die Zeiger ihrer Uhren den Ablauf der Sekunden maßen, indem sie diesen Sekunden zugleich folgten und sie so, murmelte der andere Herr, am Ende erst erzeugten. In feinstem Sekundentakt, sagte der eine Herr, drehten sich die Zeiger im Kreis und schienen auf diese Weise ewig auf der Stelle zu treten, und während sich der andere Herr vom Gleichklang beider Verben bestätigt fühlte, war der eine Herr von der unterschiedlichen Art, sie zu schreiben, eher irritiert.

Und noch etwas mussten sich die beiden Herren eingestehen. So oft sie sich auch der Sekunden, die zwischen ihnen verrannen, zu vergewissern suchten, so nahe beisammen sie sich über die jeweils andere Uhr beugten, bis sie einander fast die Hüte von den Köpfen stießen, so schnittig sie ihre Blicke von der eigenen Uhr auf die Uhr des anderen warfen: Sie konnten nicht mit Gewissheit festhalten, wie lange genau jeweils der Sekundenzeiger des anderen weitergelaufen war, denn dazu brauchten sie wieder die eigene Uhr, zu der sie mit dem nächsten Blick hinüberwechselten, und dabei verging erneut ein Bruchteil an Zeit und dieser Bruchteil ließ sich so wenig einfangen wie jenes Bündel Hafer, das ein findiger Reiter seinem Esel vor Maul und Nüstern hielt, um das eigensinnige Tier auf Trab zu halten.

Und als der andere Herr den Kopf schüttelte, sachte, damit sein Hut blieb, wo er war, murmelte der eine Herr mit ruhiger, kaum ihn selbst besänftigender Stimme, wie merkwürdig es sei, da gebe es so etwas wie Zeit, die noch von keinem menschlichen Arm beschleunigt oder abgebremst und schon gar nicht zum Stillstand gebracht worden sei, immer und ewig ginge sie voran, von keiner Katastrophe in ihrem Gleichmaß zu erschüttern, gar das einzige Phänomen in dieser Welt, das in seiner kosmischen Richtung nichts als nach vorne strebte und trotzdem nur scheinbar in eine irgendwo vorausliegende Zukunft zielte. Es nahm ja die gesamte Gegenwart mit, von ihr so wenig zu trennen wie ein Muskel vom Blut, das ihn durchzog, und eben dies mache die Zukunft zu einem unerreichbaren Weiter und Weiter. Gerade weil die Zeit nicht mäandere wie ein Fluss – in welches Meer auch? –, messe man sie ebenso stetig, wie man glaube, dass sie verrinne, ohne je zu vergehen. Derart geheimnisvoll war also diese Bewegung, von der man doch alles zu wissen meinte, solange einem niemand danach fragte.

Falls aber die Zeit, dachte der eine Herr und behielt es lieber für sich, analog dem Zifferblatt im Kreis verginge, müsste sich alles, was geschah, wiederholen, mit der ganzen turbulenten Weltgeschichte auch der leiseste Seufzer, jeder Kuss und jedes Erschrecken, dachte der eine Herr und sprach es erst recht nicht aus, jedes noch so furchtbare und jedes noch so simple Geschehen fände wieder und wieder statt, in welchen Intervallen auch immer, sogar dies, dass er jetzt die Taschenuhr mit der gleichen beiläufigen Bewegung wegsteckte wie der andere Herr, dann freilich nach dem Notizbuch unter dem Mantel tastete, weil er seine Gedanken nachher, sobald er für sich wäre, festhalten wollte.

Den beiden Herren blieb nur mehr, einander zu versichern, sie würden, wie der andere Herr zu sagen vorgab, die Gleichzeitigkeit zweier Ereignisse, den gleichzeitigen Blick, wie der eine Herr ergänzte, auf zwei gleich beschaffene und gleich tickende Uhren eben voraussetzen müssen oder, so der andere Herr, durch eine Abstraktion überbrücken, um den nächsten Schritt zu wagen. Wobei die im Grunde schauerliche Frage, wie der eine Herr versöhnlich schloss, wer denn in ihrem Gleichnis der Reiter sei, und die weniger schauerliche Frage, ob sie beide gar für den Esel in Frage kämen, sich später mal erörtern ließe. Sicher, sagte der andere Herr, seinetwegen schon morgen Mittag in der Brasserie Bollwerk, beim

Patentamt gleich um die Ecke, füge ich hinzu, um mich selber zu Wort zu melden, einmal sei keinmal, heißt es im Volk, das damit auch etwas gesagt haben soll.

Und da war sie denn auch, die flüchtige, das Lüpfen des Hutes mehr andeutende als ausführende Geste, und schon oder endlich schritten die beiden Herren los, jeder in eine andere, eben seine Richtung, jeder auf seinem Weg, der jeden einmal so und einmal anders herum durch die halbe Stadt zum Zeitglockenturm führen sollte, von den Einheimischen nur Zytglogge genannt, was zärtlicher klang, besonders wenn eine Frau den Namen aussprach. Doch war dies eine andere Geschichte, sagte sich der eine Herr und hob den Kopf, weil drauf und dran, in die Gassen vorzudringen, die sich zur Verwirrung eines Neuankömmlings einander mehr ähnelten als die geschriebene und die in diesen Gassen gesprochene Fasson ein und desselben Wortes. Zytglogge also, Zütklocke?, herrjeh, Zeitglocken! Wer dies für eine bloße Verdoppelung hielt wie etwa den weißen Schimmel, erfasste die Tiefe dieses Wortes nicht. Denn die Zeit war auch die Feierstunde, war der Festtag, wie die Glocken ihn einläuteten, war die Stunde der Trauung eines bescheiden glücklichen Paares ebenso wie die

Stunde des Weltgerichts, war womöglich auch der Jüngste Tag, mit dem die Zeit vielleicht doch anhalten und für immer, gar unter einem ewig blauen Himmel stillstehen würde.

Immerhin, dachte der eine Herr, in dem erst die Begegnung mit dem anderen Herrn solche Gedanken freisetzten, würde nie jemand in der Zeit hin und her reisen, sonst hätte längst irgendein Pionier des Chronometers aus unvordenklich ferner Zukunft hier in der Gegenwart oder auch im alten Rom, in Platons Athen auftauchen müssen. Insofern konnte man doch in die Zukunft schauen und wenigstens voraussagen, was nie geschehen werde – dem einen Herrn ein durchaus tröstlicher Gedanke, wenn er sich vorzustellen oder, wie es einmal schöner, weil treffender hieß, einzubilden versuchte, in welches rein logische Chaos von künftigen und vergangenen und wieder gegenwärtigen und künftig vergangenen Geschichten die Menschheit sonst fort und fort stürzen müsste.

Aber ließe sich aufzeigen, dass die Zeit selber eine Beziehung war, eine Beziehung eben zu dem Raum, in dem sie verging, und keine absolute Größe, dass sie sich dehnen und strecken ließe, wer weiß, die Menschheit verharrte gelassener am Rand der Milchstraße, die unter 200

Milliarden Galaxien wiederum zu den kleineren Ereignissen am Horizont der Schöpfung zu zählen war, notierte der eine Herr und warf einen entsagenden Blick auf das Restaurant Della Casa, wo man trotz dieses Namens ein langsames, acht Minuten unter dem Zapfhahn verweilendes Pils vom Fass zu servieren verstand. Da der eine Herr gewohnt war, seinen Abmachungen nachzukommen, hielt er erst vor den Börsen- und Wechselkursen in einem gläsernen Kasten inne, doch widerstand er auch dieser Versuchung, vom Weg abzuweichen, außerdem wusste er von Wertpapieren beschämend oder erfreulich wenig. Er wollte auch nicht in Kürze das Land mit fremden Banknoten im Koffer verlassen, deren Wert durch die weltweite Inflation während der Fahrt zur Grenze womöglich wie ein alter Laib Brot zerbröselte, den er dann für dieses Geld gerade noch erhalten hätte, nein, sein Bestreben ging woanders hin, zum Turm eben, zur Glocke, zur Zeit als solcher!

Und derart beschwingt seinen Weg fortsetzend, dachte der eine Herr, eigentlich ließe sich dieses Bern, durch das er da ginge, als ein Koordinatensystem, seine Route als ein Raumzeitdiagramm beschreiben, worauf sich die Bauwerke aus graugrünem Sandstein und die Menschen unter den Lauben, die Gassen und Plätze samt allen Brunnen in einer abstrakten Zeichnung ordneten. In einem wortreichen Roman hingegen müsste er sich ebenfalls beschränken, sonst wucherte die Beschreibung ins Formlose fort und würde auf diese Weise ähnlich uferlos wie das Weltall, welch schönes Wort: Weltall! War das Gehirn nicht ein eigener Kosmos, unter der Enge der Schädeldecke von unendlichen Kombinationsmöglichkeiten entgrenzt, um alle Teile und Teilchen als für die verborgene Ordnung notwendige zu fassen und so die Schöpfung zu erschauen? Und, dachte der eine Herr, wenn er nun stehen bliebe, starr wie die manchmal durchaus prächtig aufgemachten Straßenkomiker, ehe man ihnen eine Münze in den verbeulten Hut warf, dann könnte er seine Person innerhalb der beiden Achsen t für Zeit und x für Raum mit solch schlichten Punkten und Linien einschreiben, die er aus der Schulzeit kannte.

Würden sich demnach die Menschen still, wenngleich nicht stumm verhalten, wäre ihre Lage einfach darzustellen, eine friedliche Lage zudem, wie dasjenige Drittel der Menschheit bezeugte, das diesem Zustand im Schlaf jeweils recht nahe kam. Von diesem Drittel ging keine Gefahr aus, für den kranken Nachbarn nicht und nicht für seinen Hund, war der Herr versucht zu spötteln, könnte der Verächter einer Tradition nicht selber ihr Opfer werden, wo gerade doch der Schlaf verdächtigt wurde, Ungeheuer zu gebären. Nein, verbesserte sich der eine Herr, nicht der Schlaf, sondern die schlafende Vernunft! – die ihr Verlangen nach Überwältigung und Inbesitznahme tagsüber in Baulärm verwandelte, ein Hämmern und Rattern, wie es hinter den Zäunen um den Bundesplatz zu hören war, wobei man allerdings nichts aufzubauen schien, sondern etwas Langes aus Metall, sicherlich vernünftigerweise, nach und nach in den aufgerissenen, an archäologische Grabungen erinnernden Boden trieb.

Beim Anblick dann des machtvollen, auf Würde und Gediegenheit angelegten Bundeshauses kam dem einen Herrn urplötzlich in den Sinn, dass auch dieses schwere, bisher nie in seinen Grundfesten erschütterte Gebäude mit einer Geschwindigkeit von 30 Kilometern pro Sekunde um die Sonne raste. So etwas wie Stillstand und Unbewegtheit war in der Schöpfung offenbar nicht vorgesehen, selbst für diese Trutzburg nicht. Nach dem Wenigen, was der eine Herr wusste, war alles, ausnahmslos alles im Universum unaufhörlich unterwegs, viele Teilchen und Körper wahnwitzig schnell und auch kurzlebig, andere äußerst langsam, irgendwo entstanden Sterne aus Gasen und Staub und anderswo verglühten andere, und wo musste ein Betrachter sich auf seinem wirren Flug durch den Raum befinden, um dieses rastlos rotierende Allerlei zu schauen, während der eine Herr auf die Unbeweglichkeit schlechthin blickte und selber mit um die Sonne kreiste, ohne einen Hauch davon zu spüren? Und trotzdem: Wenn alle Bewegung im Universum die Folge eines Urknalls war, mit dem reine Energie sich in Masse umzuwandeln begann, gab es dann nicht doch einen heimlichen Mittelpunkt, von dem alles nach allen Seiten davonjagte, dabei weder ein Oben oder Unten noch ein Hinten oder Vorne schaffend, vielmehr entsetzlich ferne Ränder, die sich mit jedem neu verfeinerten Teleskop weiter in die Ferne verschoben, ohne dass ein äußerster Rand, gar das Jenseits davon jemals in Sicht gelangen würde?

Ein Geräusch im Rücken des einen Herrn, scheinbar vertraut und doch in dieser Umgebung fremd, schwemmte seine Frage weg, und als er herumfuhr, wich der Schreck, der ihn an eine Flutwelle hatte denken lassen, und ihm wurde luftig um das Gemüt. Auf dem steinglatten, wieder von Bauzäunen befreiten Bundesplatz waren

Fontänen aufgespritzt, und das Plätschern des tanzenden Wassers erfrischte sein Gehör wie ein Pfefferminz den Gaumen. Nach Ereignissen gierige Leute, gieriger als der eine Herr es war, umstanden die schlanken sprudelnden Säulen, und die Kleineren und Kleinsten wagten sich teils in Unterkleidern, teils in eigens mitgeführtem Badezeug schon in flottem Lauf oder noch in plumpen Schritten dazwischen. Und wie um sich für den Abstand zu denen, die ein derart schlichtes Schauspiel über die Maßen entzückte, schadlos zu halten, wiegte der eine Herr bedenklich den Kopf, bis er merkte, dass er dies im Rhythmus der Wasserstrahlen tat, wie sie auf und nieder hüpften. Obschon von niemandem beachtet, strich der eine Herr verlegen durch die Haare und musste feststellen, dass er schon wieder irgendwo seinen Hut zurückgelassen hatte. Und an welcher Garderobe war sein Mantel hängen geblieben, ausgerechnet jetzt, als ein fein zerstäubendes Wasserwehen ihn erreichte, eine Art Brise, die ihn an einen dunstigen Sommermorgen am Meer denken ließ, und das mitten in der mächtig gegen das Oberland und gegen das Burgund erhobenen Bundesstadt?

Eine solche Frage löste keine Gleichung aus, die sich dann anders als das flüchtige, zum Aufseufzen befreiende, doch allzu gewöhnliche Bild in der Öffentlichkeit der physikalischen Fachwelt beweisen musste, auf dem Teufelsrad widerstreitender Schulen, von dem die meisten Formeln irgendwann wie von selbst hinwegrutschten, bevor irgendwann sich eine hielt bis fast zuletzt, bis der große Abräumer kommen würde. Und der war unbekannt wie vorhin der Reiter auf dem Esel. So lange würde sich die glatt lackierte, von der Mitte aus nach allen Seiten abwärts geneigte Scheibe aus Holz wieder mit jungen Leuten füllen, von neuem an Fahrt gewinnen, bis die Fliehkraft die ersten und dann mehr und mehr und schließlich alle bis auf den letzten von der Scheibe risse, und diese Erinnerung an die Kirmes in seinen Jugendtagen ließ den einen Herrn vor sich hin lächeln. Einmal war er dieser Held gewesen, der sich als Einziger noch in der kreisenden Mitte halten konnte, und dann hatte der große Abräumer sich ihm genähert, damals eine Art Tagelöhner, ein Handlanger des Pächters jener Glitzerbude, der kurzen Prozess mit ihm machte.

Wieder atmete der eine Herr durch, jedoch nicht wegen des lang vergangenen und unwiederbringlichen Nachmittags im Oktober, vielmehr erblickte er die Alpenkette, blassblau und weiß gegen den diesigen Himmel gezeichnet, so wob sie die vereisten Bergfelsen in die schwebende Ahnung von dem, was dahinter wartete, und die Sehnsucht des einen Herrn danach galt nicht mehr dem Leben und Treiben dort, den sandigen Stränden und lärmigen Wochenmärkten, sie galt den mittelmeerischen Dichtern, die er lange nach jenem Tag auf der Kirmes für sich zu entdecken begann. Er war kurz davor, in den kleinen Buchladen einzutreten, der seinen Namen dem Zeitglockenturm verdankte, doch war es nun einmal Bedingung, dass er sich wie der andere Herr zügig zum Turm selbst begab, den der eine Herr nun auch sah, seine prachtvollere, den Menschen innerhalb der einstigen Stadtmauer zugewandte Seite.

Was hatten sie sich überhaupt beweisen wollen, fragte sich der eine Herr. Dass es machbar war, in übereinstimmendem Empfinden von Zeit und Raum auf zwei verschiedenen Wegen gleichzeitig zum selben Ziel zu gelangen? Oder vielleicht nur so etwas Schwieriges, wie ein minimales Geschehen zu ersinnen und in einer Weise zu beschreiben, dass es eine Strahlkraft erzeugte?

Mein lieber Mann, würde der eine Herr vom anderen Herrn hören können, sobald sie sich wieder gegenüberstünden, wie sehr auch er das

Leben liebe, sei schon daraus zu ersehen, dass er auf jeder Reise seine Violine mit sich führe, und sie zu spielen, schiene ihm ohne Liebe zum Leben unvorstellbar. Dennoch würde ihm der eine Herr entgegenhalten, unvermittelt, weil noch befangen in den Gedanken von unterwegs, dass keine Gleichung, kein Lehrsatz die eng gefügte Eleganz einer Ode von Horaz oder die Anmut eines Verses von Sappho erreichte. Leider würde ihm der andere Herr da widersprechen können, am Ende verdiene es die Schlichtheit dieses Satzes durchaus, in Stein gemeißelt zu werden: »Die Masse eines Körpers ist ein Maß für dessen Energieinhalt.«

Aber, würde der eine Herr wiederum entgegnen, die Oden von Sappho oder Horaz hätten von keinem anderen Dichter geschrieben werden können, wogegen der berühmte und für alle Zeiten stimmende Satz des Pythagoras über kurz oder lang auch von einem anderen Lehrmeister gefunden worden wäre. Denn eher noch als dass die Sprache spreche, wie der zwielichtige Philosoph aus dem Schwarzwald zu bedenken gegeben hatte, durfte man sagen, dass die Mathematik rechne. War doch der andere Herr zu dem Satz über Masse und Maß, der sich mit einigem guten Willen als neunhebiger Jambus lesen ließe, »geführt« worden. Vorausgesetzt also, wir verrechneten uns nicht, lenke uns die Mathematik zu einer »allgemeineren Folgerung«, wobei das Verrechnen einer Art Verirren gleichkäme, gerade unser Eigensinn, unsere Eigenwilligkeiten würden uns in der Mathematik in die Irre leiten. Während der eine Herr sein Leben lang an der Schönheit ackerte, die Verse wendete wie im alten Griechenland der Bauer den Pflug und in schlafloser Nacht von der Angst durchglüht wurde, dass er mit seiner Arbeit eine Schandtat beginge, indem er das Geheimste entblößte, seine Fantasie, das Fragwürdige, Zerbrechliche, das Anstößige an ihr, fand sich bei dem anderen Herrn die Schönheit so zwangsläufig wie beiläufig ein, wie fast umsonst mitgeliefert, die letzte Schale, in die eine Gleichung zu gießen war, die Form eben und dazu noch die einzig wahre, alle anderen Lösungsversuche in einen Haufen zerkritzeltes Papier verwandelnde Formel, die, könnte der andere Herr präzisieren, zwar am Ende gefunden wurde, auf dem mäandernden Weg vieler, bis dahin unzureichender Erfindungen, aber im Grunde habe sie seit Jahrtausenden gewartet, aufgestöbert zu werden von wem auch immer.

Sei ihm damit, würde der eine Herr in einer aufwallenden Mischung aus Bewunderung und

Neid sagen, nicht eine Sprache an die Hand gegeben, die den Schlüssel zur Beschreibung des Universums barg, eine Sprache, in der sich berechnen ließe, was sich kein Mensch anschaulich machen konnte, eine Sprache zudem, die schon von den Vorsokratikern an den Küsten und Inseln des Mittelmeers entdeckt oder eben aufgefunden worden war, in den ersten, keineswegs rohen Formeln und Gleichungen, die heute noch galten, selbst für die tiefsten Tiefen des Universums? Es waren nicht, wie dünkelhafte Neider spotteten, in Ärmelschonern steckende Buchhalter, die mit dieser Sprache vermaßen, was allen anderen auch unvermessen genügte, nein, mit dieser Sprache stießen furchtlose, zuweilen auch ehrgeizig eigennützige Forscher in das Unsichtbare vor und entwarfen immer grandiosere Bilder von der Schöpfung. Diese Sprache war selber das schöpferische Instrument, das die Menschen für sich geschaffen und doch nicht geschaffen hatten, indem sie die natürlichen, dieser Sprache vorgegebenen Formen und Gesetzmäßigkeiten erkundeten und mit der Mathematik samt ihren Zeichen ihnen eben – entsprachen.

Und wer war der große Geber, in dem zuweilen auch ein großer Abräumer sichtbar wurde? Sollte er überhaupt da sein, jener unbewegte Beweger, der Auslöser des Urknalls, und über seine Schöpfung wachen oder war er dort zurückgeblieben, wo alles seinen Anfang genommen hatte, und was er noch tat, war hinter immer neu aufblühenden Galaxien die Spuren zu verwischen zurück zum Ursprung, zu ihm? Waren das müßige Fragen für den, der durchaus ohne den Glauben an ein persönliches Wesen zurande kam, gar zum Rand der Welt? Wo vielleicht selbst diese Sprache, wie der eine Herr beklommen einwenden würde, nicht mehr gelten könnte, wo man einmal gar auf Erscheinungen stoßen würde, vor denen auch die bis anhin bekannten mathematischen Weltregeln versagten?

Ihm sei es wundersam genug, würde der andere Herr antworten, dass diese Sprache bis in alle heute bekannten Raum- und Zeitverschiebungen gehalten habe und dass die Forscher, auf ihr aufbauend, kurz davorstanden, mit ihr die Urfrage, das Rätsel vom Anfang des Alls, endgültig zu beantworten, die Geburt des Kosmos in eine einzige Gleichung zu fassen, und diese Gleichung wäre, wie abstrakt auch immer, das Gleichnis von allem, was war.

Dieser Tag werde, würde der eine Herr murmeln, niemals kommen, nichts sei so undenkbar wie eine Menschheit, die keine Fragen mehr stellte, weil sie alle beantwortet hätte. Hinter jeder Gleichung werde sich eine weitere erahnen lassen und dann auch auftun, und irgendwann verdunsteten die letzten Erkenntnisse vor dem ungreifbaren Abstand, der nie zu fassenden Leere zwischen den allerkleinsten Bausteinen.

Denn was tat die Zeit überhaupt, während sie verging?, wagte jetzt der eine Herr sich zu fragen. Sie war doch ohne alle Eigenschaften und daher nur an ihren Auswirkungen zu erkennen, von denen man nicht einmal sicher sein konnte, ob es ihre Auswirkungen waren oder ob die Zeit nur die Voraussetzungen dafür schuf, und sonst wäre sie höchstens mit bloß empfundenen Eigenheiten zu versehen. Die Zeit war gestaltlos, ein Nichts und in gleicher Weise eine alles bestimmende Vormacht, die sich zu keinem Eingriff in das Weltgeschehen herabließ, die aber vom Raum erfasst wurde, indem sie den Raum durchdrang, seit je mehr als der Fluss der Geschichte, der niemals rückwärts floss. Und wenn der eine Herr sie sich so dachte, als Raumzeit, unfasslich, mit keinem Sinnesorgan wahrnehmbar und doch alles durchwebend, dann war sie eine Größe nahe dem Göttlichen, ein schicksalhafter Richtungsgeber vom Nichts ins Sein und vielleicht wieder ins Nichts, das mit dem Sein an sich identisch wäre.

Ja, würde der andere Herr antworten, indem Zeit und Raum in ein Verhältnis zu setzen waren, um eine Bewegung zu berechnen, war die Bewegung das zu Suchende und die höchste Bewegung war diejenige, die sich an Geschwindigkeit nicht übertreffen ließe und die zudem unter allen Verhältnissen und Messvorgaben immer gleichblieb, und diese Geschwindigkeit errang nur das Licht. So lautete auch der erste, in direkter Rede offenbarte und dann überlieferte Satz Gottes: »Es werde Licht.« Und dem einen Herrn kam jener Augenblick im Flugzeug zwischen Hongkong und Zürich in den Sinn, als ihn, nachdem er die ganze Nacht in seiner Absturzangst wach durchlitten hatte, plötzlich eine ganz neue Zuversicht erfüllte, kaum dass der erste Sonnenstrahl das Innere der Maschine erleuchtete, eine direkt mythische Aufbruchsstimmung in dieser auf einmal erhellten Düsternis der Leselämpchen, obwohl sich an seiner Lage zehntausend Meter über der Erde nichts geändert hatte. Noch jetzt erleichtert, das harte Pflaster unter den Füßen zu spüren, hielt er nun direkt auf den Zeitglockenturm zu.

Aber bevor es so weit war, die beiden Herren einander wieder gegenüberstanden, ertönte das Signal des Hahns neben dem Erker mit den mittelalterlich bewaffneten Bärenfiguren und irgendwo unten die Stimme eines Kindes, das diese Töne nachsang. Der eine Herr schaute auf, doch war das Kind zu klein, um aus der losen Schar zu ragen, die sich unter der schwarzen Uhr eingefunden hatte. Diese Uhr gab mit ihren goldenen Zeigern und Ziffern eine andere Zeit an als das astronomische Blatt darunter, wo es um gewaltigere Größen als die heutige Stunde ging, die jetzt kurz nach dem geplant willkürlichen Krähen eines Hahns das vorlaute Signal des Narren einläutete. Denn diesem Kauz war die Freiheit zugebilligt, dem Messen der Zeit in die Quere zu kommen, zuverlässig nur in seiner Unzuverlässigkeit, ehe hoch oben im Turm der vergoldete Hans von Thann mit seinen Hammerschlägen gegen die Glocke diesem Geplänkel ein Ende setzte und den einen Herrn wieder an den Abräumer denken ließ.

Nicht länger abgelenkt, entdeckte er den anderen Herrn, auch er nicht der Größte an Gestalt, nur brauchte er einen ähnlich langen Moment wie vorhin am Bundesplatz, bis der Schock in ihm abklang. Der eine Herr erkannte den anderen Herrn nicht weil, sondern obwohl er ihn sah, umringt von Leuten, die zwischen ihren Köpfen und Kappen gerade noch den

Blick auf sein Gesicht zuließen, auf die inzwischen ergrauten Haare, dazu länger gewachsen und widerspenstiger, auch stärker gegen den Strich gebürstet als vorhin oder wann am Bahnhof, nachdem sie die Hüte gelüftet hatten. Die Stirn war höher, der Schnauzbart voller geworden, überdies von der Farbe eines alten Esels, was den listig amüsierten Gesichtsausdruck des anderen Herrn verstärkte, während er dem Blitzlichtgewitter, wie es den Pulk von Touristen aus aller Herren und Damen Länder durchraste, die Stirn bot, auf den Donner wartend, der wie immer länger unterwegs sein würde. Dem einen Herrn schien es sogar, dass der andere die Zunge zeigte – aber wem? Dem Reiter mit dem Bündel Hafer am Stecken?, dem großen Abräumer, weil hinter ihm ein noch größerer Schaffender stand, der diesen womöglich vergoldeten Reiter von Zeit zu Zeit hinein in die Weltgeschichte trieb? Schließlich hatte es der andere Herr da vorne als einziger unter allen Vorgängern, Kollegen und Nachfolgern geschafft, eine mathematische Gleichung fast so persönlich wie ein Gedicht auszudrücken, ohne direkt zu sagen, was in ihr steckte. Einem Dichter ähnlich, dem gerade dort nie sämtliche Bedeutungsnuancen bewusst sein konnten, wo ihm ein großes, ihn überdauerndes

Werk geglückt war, hatte er das ganze Ausmaß seiner Erkenntnis in einem lapidaren Kommentar mehr verborgen als ausgebreitet und seinen Satz, die Masse eines Körpers sei ein Maß für dessen Energieinhalt, weiterentwickelt zur weltweit anerkannten Formel: $E=mc^2$.

Der eine Herr gab sich einen Ruck. Statt sich den Weg durch die Menge zu bahnen, überquerte er die tiefer in die Altstadt abfallende, von Arbeitern aufgerissene und mit Bauwagen, rotweißen Latten und anderem Kram zugestellte Gasse. Angesichts der Fülle dieser Welt, schon dieser Stadt, hielt sich der eine Herr nicht für zuständig, ein Treffen sinnlich zu beschreiben, das längst in den Gazetten und Fernsehkanälen breitgewalzt geworden war. Ihm lag an den Begegnungen, die scheitern konnten, an den flackernden Erwartungen, den Lebenslügen und Bitterkeiten, an den innigen Wünschen und zerschlissenen Illusionen, am müden Blick in den Spiegel um Mitternacht, am Dennoch und Trotzdem schließlich, wenn die Sonne über die Dächer stieg und die klammen stillen Gassen in einen neuen Tag tauchte. Hieraus die poetischen Funken schlagen, die ein Werk erhellten, dessen Licht ein anderes war als neuerdings das Blitzen digitaler Kameras, ein kosmisches Licht vielleicht, ein

Licht der Arbeit unter der Enge der Schädeldecke, genährt von den Erfahrungen eines Lebens. Metaphern, es konnten immer nur Metaphern sein, die der Spielende gewann, wenn er mit dem feinen, in sich versunkenen Ernst eines Kindes spielte, nicht weil er in schöneren Worten nachbilden wollte, was ihm widerfuhr, sondern weil er, indem er seine Bilder schuf, neue Sichten auf die Welt und damit neue Welten erst erzeugte.

Als der eine Herr weiter in die Altstadt hinabging, bedrückt von der Last der Lauben oder unter ihrem Schutz im Trockenen – es war an ihm, wie er ihren Schatten mit seiner Beschreibung beleben wollte –, spürte er den Schmerz im linken Knie, der ihn das Bein sachte nachschleifen ließ und der, das hatte er erfahren, auch von einem abgenützten Hüftgelenk herrühren konnte. Vielleicht würde er im Antiquariat Hegenauer jenem Freund und Kollegen begegnen, von dem der andere Herr unter dem Zytglogge gesagt hatte, er sei ihm treu zur Seite gestanden, als er die Elektrodynamik bewegter Körper behandelte, eine Untersuchung, auf die sich der andere Herr im selben Jahr noch einmal berief, um drei Seiten Prosa, von wenigen Formeln durchsetzt, nachzureichen, ein Aufsätzchen, von dem die Mitwelt bald sagen musste, es habe nicht nur ein Zeitalter, sondern die Zukunft aller unumkehrbar verändert.

Den einen Herrn schauderte, dass er ein Leben lebte, wie es für die kühnsten, an den innersten Kräften des Kosmos rührenden Erkenntnisse ohne jeden Belang war. Nicht dass er sich aufdrängen wollte. Aber war es vernünftig zu kontern, solche Erkenntnisse übten umgekehrt nicht den geringsten Einfluss auf sein Dasein aus, außer dass mit jedem Fortschritt in der Erforschung der Welt unweigerlich die Fähigkeit mitwuchs, diese Welt zu vernichten? Die Fantasie, so hatte es der andere, längst weltbekannte Herr gesagt, sei unendlich und also grenzenlos, neben der Dummheit übrigens, wie eben auch die Zeit und der Raum für den, der sie nicht zum Zeitraum zusammenpresste, sondern als Raumzeit entfaltete. Und plötzlich war dem einen Herrn nichts selbstverständlicher als die Gewissheit, er würde Michele Besso erkennen, den ehemaligen Kollegen und Freund, manchmal auch Ratgeber, gar während ihrer Mittagessen in der Brasserie Bollwerk, was die Schwierigkeiten des damals jungen Paares anging, wovon die vier Jahre ältere Mileva Marić ebenfalls Mathematik und Physik studiert und noch vor ihrer beider Heirat ein Mädchen geboren hatte, von dem heute niemand weiß, was aus diesem Lieserl geworden ist. Angenommen, dieser Schweizer Ingenieur werde im Antiquariat mit stiller Neugier in den nach ihm gekommenen Büchern stöbern, sogar auf seinen Namen stoßen, dann könnte mit meiner Antwort auf seine Frage, ob ich ihm, um mich doch noch einmal zu Wort zu melden, mit meinem hundertjährigen Vorsprung an gesammelter Unkenntnis behilflich sein könne, eine andere Geschichte beginnen, vielleicht sogar eine über jenes Lieserl. Wer weiß, von wem sie je erzählt werden wird oder ob sie nie erzählt werden wird, wenn zwar alles im Leben auch anders hätte verlaufen können, aber anders bisweilen nur in der Literatur verläuft, wo sich jede Zeitreise ausmalen lässt, und jede, das bleibt insofern vage gesagt, als dieses Wort auf eine unbegrenzte Menge verweist.

Der Sommerkurs

1

»Dieses Werk«, sagte Müller und riss die drei Bände im Schuber so ruckartig hoch, dass der Kameramann den Leiter des Kurses dabei nicht einfangen konnte, »dieses Werk enthält kein Geheimnis, es ist das Geheimnis, festgeschriebenes Leben, Leben, das darauf wartet, aufgebrochen zu werden, von uns, und zwar hier, auf diesem schlichten Landgut, inmitten der Toskana.«

»Würden Sie glauben wollen«, warf einer ein, dessen Namen ich bei der Vorstellung gestern Abend nicht mitbekommen hatte.

»Würdest du glauben wollen«, verbesserte Müller.

»Glaubst du also«, sagte der andere, und ich beugte mich zu meinem Zimmernachbarn, um nach dessen Namen zu fragen, aber mein Zimmernachbar kniff die Lippen zusammen und starrte geradeaus.

»Wir glauben hier alle nichts«, sagte Müller, »zwischen Vernunft und Scheinvernunft fällt uns die Wahl leicht.«

»Zurück zum Werk«, sagte Haag, »was sonst hält uns hier.«

»Ist es ein Kosmos oder ist es keiner?«, sagte der, dessen Namen ich immer noch nicht wusste.

»Und wenn es keiner ist, wäre es dann was?«, sagte Becker.

»Was ist das Werk anderes als eine Landschaft, in die wir eindringen, um Schicht für Schicht, von Tal zu Tal, den nächsten Hügel zu erklimmen«, warf Frau Löhr ein, die gestern Abend auch schon mit Lechleitner und mir da gewesen war.

»Bald werden wir vom verstauchten Fuß zum Standbein wechseln und auf das erste Tal zurückschauen«, sagte derjenige, dessen Name mir usw.

Das Aufnahmegerät schnappte ein, der Kameramann trat einen Schritt von der Kamera zurück, der Tonmeister kramte nach einer neuen Kassette. Die zwei hatten sich schon gestern aufgestellt, um den Sonnenuntergang einzufangen, von hier oben sahen die Hügel im Dunst wie hintereinander gestaffelt aus. Lechleitner, der untätig wie ich den zwei Filmern zugeschaut hatte, war der Anblick wie ein Sinnbild unseres Unternehmens erschienen, warum war mir unklar. Mein Zimmernachbar hatte die Lippen zusammengekniffen und in die untergehende Sonne gestarrt. Wir konnten direkt zusehen, wie schnell sie hinter dem letzten Hügel abtauchte. Und hinter diesem Hügel musste sich das Ligurische Meer erstrecken, aber zu spüren, zu riechen und zu schmecken war davon nichts. Als das Filmteam mit seinen Vorbereitungen fertig wurde, dürfte es gerade noch die obere Hälfte der Sonne eingefangen haben.

»In der Stadt ist die Sonne immer schon hinter den Häusern verschwunden, bevor sie untergeht«, sagte der Kameramann. Der Tonmeister verscheuchte die Fliegen, die das Mikrofon umkreisten.

»Wenn schon, dann brauche ich das Summen von Bienen«, sagte er zu meinem Zimmernachbarn, der darauf nicht antwortete. Als Müller vorgeschlagen hatte, dass wir uns alle einander vorstellen und uns duzen sollten, war er noch nicht da gewesen. Später ließ er sich von Müller das Zimmer neben meinem zeigen, ohne mich weiter zu beachten, und mir fiel auf, dass seine Mundpartie aussah wie bei einem älteren Herrn, der sein Gebiss herausgenommen hatte.

Müller riss die drei Bände wieder ruckartig in die Höhe und schrie es beinahe: »Kein Geheimnis, sondern das Geheimnis, das wir alle in uns tragen. Und wenn wir es dem Werk entreißen, dann werden wir uns selbst aus der Dunkelheit unserer Triebe gerissen haben.«

»Also doch in Richtung Klosteraufenthalt«, warf Rudolf ein und stand auf.

»Ja und nein«, antwortete Müller, fegte die drei Bände vom Tisch in das Unkraut neben der Mauer im Hof und breitete wie gut vorbereitet diese Gegenstände aus: einen Pickel, ein Grubenlicht, zwei Seile mit Haken und Rollen, mehrere Plastikhelme, allesamt blau.

Frau Löhr, im siebten Monat schwanger, wie sie bei der Vorstellung gesagt hatte, ohne dass klar wurde, ob sie darauf sehr stolz oder ob ihr das ein wenig peinlich war, schaute hoch, den zweiten Band auf den Knien, und nahm ihren Fuß von meinem Stuhl.

»Ihr seht, dass wir uns dem Werk nicht mit der Brechstange nähern«, sagte Müller hob den Pickel ruckartig hoch.

Ich schaute nach dem Kameramann, entdeckte aber keine Regung in seinem Gesicht; vorläufig filmte er alles mit, so gut es ging, das Team, eigentlich ein Tandem, würde erst in den letzten Stunden am Material zu sparen beginnen.

»Soll das heißen, dass wir uns auch der Metapher, des Bildes und des Vergleichs bedienen müssen?«, fragte derjenige mit dem mir unbekannten Namen. »Ich jedenfalls vermag die grobschlächtigen Geräte nicht anders ansehen als eine zweite Wirklichkeit.«

»Sehr gut«, sagte Müller, »wir können auf hohem Niveau ansetzen.« Auch wenn wir beim Duzen angelangt sind, nenne ich ihn weiterhin Müller, das ist mir familiär genug und soll für alle gelten.

»In der Tat werden wir das Werk in seiner Anschaulichkeit nicht erreichen«, wandte Frau Gebauer ein, »allein dass es drei Bände sind und nicht ein einziger dickleibiger Band, ist anschaulich.«

»Drillinge«, sagte Mohrungen, »du darfst lachen.«

Ob das Frau Löhr gegolten hatte?

»Eben nicht«, sagte da Haag schon, »vielmehr ein Werk, eine in sich dreibändig vermittelte Einheit«, und Müller ergänzte: »Anschaulichkeit muss auch uns ein Ziel sein.« Er bückte sich und angelte mit dem Pickel nach den Büchern in dem kniehohen Unkraut hinter ihm, und falls es kulturell angelegte Kräuter waren, so waren mir ihre Namen unbekannt; selbst vom Strauch mit auffallend weißen, lilienähnlichen Blüten wusste niemand, wie er hieß.

»Du sollst das Naturschöne nicht durch das Kunstschöne beschädigen, Müller«, sagte Frau Weiler, und wir anderen schauten auf. Mein Zimmernachbar sprang sogar hoch, um Frau Weiler genauer zu betrachten, und sank dann rasch und wortlos auf seinen Stuhl zurück.

Die Schatten im Hof waren hergekrochen, und zwei Kursteilnehmer hatten ihre Stühle aus dem Kreis gerückt, um weiter in der Sonne zu sitzen. Müller gab es auf, die drei Bände mit dem Pickel aus dem Grünzeug zu bugsieren, und murmelte, während er sich nach ihnen bückte: »Die Natur hat Anteil auch am Kunstschönen insofern, als in jedem Kunstschönen auch ein Anteil an vernichteter Natur west.«

»Dem wäre nachzugehen.«

Wer hatte das eingeworfen? Ich sah mich vergebens um.

»Dieser Anteil ist historisch zu bestimmen, er muss in jeder Epoche neu ausgehandelt werden«, sagte jetzt Frau Gebauer. Worauf Valdimir links von mir, der sich als Ideenproduzent vorgestellt hatte, mir ins Ohr zischte: »Schlaue Weiber.«

An dieser Stelle wollte ich mich melden, aber Müller hatte endlich die drei Bände aus dem Unkraut gefischt, er riss sie ruckartig hoch und sagte den eingangs zitierten Satz, der auf elegante Weise angab, weshalb wir alle seinen Kurs belegt hatten.

»Das hat ja gut angefangen«, wurde ich dann später los, als wir uns zum Mittagessen erhoben und ich im Dessert stochernd hörte, Rudolf sei nackt in der Sonne gesichtet worden, irgendwo unterhalb des Guts, zwischen verwilderten Rebhängen, wo das Rinnsal eines Baches dahinlaufen soll. Rudolf selbst sollte sich auch am Abend nicht mehr zeigen.

2

Am Morgen des dritten Tags erwachte ich in Kleidern auf meinem Bett, den Kopf am Fußende, die Füße auf dem Kopfkissen, immerhin ohne Schuhe, die nackte Glühbirne über mir brannte noch. Wann hatte ich die Bar verlassen? Und wie? Vom Wein dieser Gegend sollte eine Flasche reichen, um einem das Bewusstsein zu rauben, eine Literflasche. Schon am ersten Abend, nicht lange nachdem das Kamerateam die obere Hälfte des Sonnenuntergangs gefilmt hatte, waren alle in der Bar zusammengekommen; Müllers Hinweis darauf, dass es auf der Rückseite des von Pinien umsäumten Landhauses ein dafür eingerichtetes Gewölbe gab, hatte genügt. Lechleitner hatte sich gleich für den Dienst hinter dem Tresen gemeldet und dafür weder einen Stundenlohn noch freie Getränke oder einen Rabatt auf seine Kursgebühr verlangt. Allerdings war er dann erst gestern Nachmittag zur eigentlichen Arbeitssitzung erschienen, bei der Haag eine Serie von Dias zeigen und so den vielschichtigen Aufbau des Werks in grafischen, raffiniert eingefärbten Strukturen darstellen wollte. Aber wegen des makellos blauen Himmels, wie er im Spätsommer nicht mehr selbstverständlich war, hatten wir die Sitzung im Hof abgehalten und die Dia-Schau auf den Abend in die Bar verlegt.

Lechleitner stand schon wieder hinter dem Tresen und unterbrach von dort die Darbietung mit Zwischenrufen. Er gab sich als Spezialist für ein Nebenwerk unseres Autors zu erkennen, darin wurde aus dem Blickwinkel des Wirts von einem merkwürdigen Lokal erzählt, das statt einem Haupteingang zwei Seiteneingänge hatte. Betrat ein Gast das Lokal durch die links gelegene Tür, so erschien es als düstere, nach Abfällen, kaltem Rauch und saurem Wein stinkende Kaschemme, sofern dieser Besucher derartige Gerüche wahrnahm oder sich gar von ihnen belästigen ließ. Von der seitlich rechts angebrachten Tür zeigte sich das Lokal als nobler, längst nicht für jeden offenen Schuppen im Art-Deco-Stil einer Hotelbar. Ebenso gab es im Innern zwei Ausgänge, freilich weniger deutlich geschieden. Und so musste es passieren, dass ein gepflegtes Paar mit dezent vergnügtem Schritt im Lokal erschien und nach dem Begleichen der erheblichen Zeche sich draußen in der Gosse wiederfand, was sich auf sein restliches Leben auswirken sollte, während irgendein Strolch durch den Ausgang taumelte, der ihm einen dunklen Anzug samt Manschettenknöpfen und Fliege verlieh, jedoch ohne die letzten Münzen im Hosensack zu mehren, geschweige ihn mit einer Brieftasche samt Kontokarten auszustatten. Der Wirt erzählte einige Vorkommnisse aus den letzten Jahren, in denen er sein Geschäft unter Umständen zusammenhielt, unter denen sich kaum einer der Gäste dort befand oder wieder fand, wo er sich zu befinden glaubte, oder sich dort aufhielt, wo er wirklich war.

Aber was heißt »wirklich«? Es war schon das Anliegen unseres Autors als junger Spund, jede Antwort auf diese Frage wie ein mürbes Hörnchen zwischen den Fingern zu zerbröseln. Wie verschlungen musste sich da selbst die Oberfläche, die das Werk dem unbefangenen Betrachter bot, ausmachen. In Haags Dia-Schau erschien der erste Band, grafisch umgesetzt, als ein Teller voll mit Spaghetti à la Bolognese, die rundum über den Rand hinaushingen. Der zweite Band zeigte sich als abgefahrenes Profil eines Reifens, der wegen einer beschädigten Achse ungleich belastet worden und unterwegs in einer scheinbar menschenleeren Wüste geplatzt war. Im dritten Band hatten sich die Bedeutungen und Verweise verdickt, das Ganze erinnerte an schillerndes Gelee, das womöglich einen Aprikosenkuchen überdeckte oder selbst von einem Plastikbelag überzogen war, darüber hinaus war es nicht zu kategorisieren. Friede den Bildern, Krieg den Begriffen!

Die meisten fanden, man hätte diese Umsetzung ins Visuelle kaum besser gestalten können, Frau Gebauer empfahl Haag, sein Projekt einem Schulbuchverlag anzubieten. Mein Zimmernachbar hatte mit zusammengekniffenen Lidern auf die Leinwand gestarrt und war mehrmals aufgestanden, um die Dias aus nächster Nähe zu mustern, vermutlich bis sie ihm vor den Augen verschwammen. Und er hatte sich Notizen gemacht, heftig kritzelnd, mit verkrampften Fingern, den Schreibstift mehrfach auswechselnd.

An welchem Tisch er nach der Dia-Schau auch auftauchte, zu welcher Gruppe er auch hinzutrat, dort ließ sich das Gespräch nicht mehr so leichtherzig fortsetzen, aber er hielt es ohnehin überall nur kurz aus.

»Vielleicht haben wir eines Morgens eine Leiche im Haus«, sagte Becker, »mit einem Selbstmord muss jede bessere Hotelleitung einmal fertig werden.«

»Vielleicht läuft er Amok«, sagte Frau Löhr und blickte meinem Zimmernachbarn nach, während er ohne Gruß in die pechschwarze Nacht vor der Bar eintauchte.

»Man sollte sein Zimmer auf Waffen durchsuchen«, sagte Gattner.

»Aber sich dabei nicht erwischen lassen«, sagte Lechleitner vom Tresen her und etwas zu laut.

»Ach was«, fuhr Valdimir ihn an, »der Mann imponiert mir. Er hat seine eigene Art zu kommunizieren. Wie heißt er eigentlich?«

»Bei der Vorstellung war er noch nicht da gewesen«, sagte ich, um etwas anzubringen, das ich definitiv wusste.

»Es ist ein Irrglaube, dass Namen etwas bedeuten, sie bedeuten weniger als nichts«, sagte Becker.

»Da ist unser Autor aber anderer Meinung«, sagte Valdimir.

»In diesem Punkt halte ich ihn eben für rückständig«, parierte Becker.

»Das wirst du auf der nächsten Sitzung begründen müssen«, sagte Haag, und mir schien, er wollte das Gespräch auf seine Dia-Schau zurücklenken.

Übergangslos fanden sich vier Skatspieler zusammen, ein unerwarteter Anblick für uns andere, und desto lauter hieben sie ihre Karten auf den Tisch. Offensichtlich wollten sie in all dem Gerede über Werk und Werktheorien für eine Weile ganz bei sich selbst sein. Müller blieb ungerührt. Es käme der Tiefe unserer Diskussion zugute, wenn sie in ein Spannungsfeld zu plebejischen Sitten rücke und sich darin bewähren müsse, sagte er.

»Diese süchtig machende Idiotie des Regelsystems«, warf Frau Sebald ein, brach dann aber ab, weil Gattner nicht an sich halten konnte und auf ein schwieriges Werk unseres Autors verwies, das mit Figuren eines praktisch verschollenen frühmittelalterlichen Kartenspiels arbeitet. Darin nimmt eine exotisch anmutende Person, bei der es sich um eine Art barocker Joker handeln musste, eine Schlüsselrolle ein.

Drei Freunde, drei Bauern, hatten diesen Mann auf dem Estrich eines Landhauses erhängt aufgefunden, nachdem sie mit ihrem Auto bei einem Wochenendausflug genau vor dem Haus auf ihnen unerklärliche Weise liegen geblieben waren. Am Motor war kein Defekt zu finden gewesen, jedenfalls nicht von ihnen, und ihre Handys hatten auf einmal keine Verbindung mehr, und so mussten die drei die Samstagnacht dort im Haus verbringen. Das fiel ihnen umso schwerer, als sie den Erhängten zu Lebzeiten gekannt hatten, und die Hilfe, die er jedem der drei Freunde in einem bestimmten Abschnitt ihres Lebens gewährt hatte, sollte sich hier als Terror fortsetzen. Denn zwei waren so leichtfertig gewesen, sich für diese Hilfe nie erkenntlich gezeigt zu haben, während der dritte seinen immer noch auf dem Estrich hängenden Helfer mit Geschenken überhäuft, im eigenen Bekanntenkreis ihn gar als sein Glücksschweinchen vorgestellt hatte. Mit der verzweifelten Kraft desjenigen, der sich nur noch durch seinen Freitod hatte wehren können, schlug der Geist des Erhängten in dieser Nacht, auf die er anscheinend zugestrebt hatte, zurück.

In dieser Novelle »Eines beschwingten Samstags schwarze Nacht« überlebt nur einer der drei

Freunde jenes Abenteuer, gleichsam der langweiligste von ihnen, und auch er nur mit einem unterhalb des Knies weggerissenen Bein. Er kam so verstört nach Hause, dass er seiner Frau, die ihn insgeheim frohlockend auf diesen Männerausflug hatte ziehen lassen, um sich ihrem Liebhaber hinzugeben, niemals sagen konnte, welchen Grausamkeiten er teils als Zeuge, teils als Betroffener in diesem Landhaus, das in keinem Kataster vermerkt und auch von der Polizei partout nicht zu finden war, ausgesetzt war. Fragte sie danach, bebten seine Lippen und am ganzen Körper schlotternd brachte er keinen Ton hervor, woraus sich seine Frau auf Dauer ein mieses Vergnügen machte, ohne je wirklich mehr wissen zu wollen. Derart nahe am Rand des Schwarzen Lochs, in das jenes Wochenende hineingesogen worden war, wurde bekanntlich auch sie davon verschlungen, seltsamerweise in einem Moment, in dem sie nur spärlich bekleidet gewesen war, weshalb dem unweigerlich verwitweten Mann von ihr nur diese reizvollen Stücke zurückblieben. Man sieht ihn vor sich, wie er sich in die seidenen, ihm ungewohnten und ihn anziehenden Dessous hineinzittert und sich auf einmal wie von tausend Händen und Fingern angefasst glaubt. Lust oder Grauen?

»Desto froher«, sagte Gattner zum Schluss, »können Sie, kannst du, Doris, sein, dass wir Lesenden dies erfahren, statt wochenlang von Ungewissheit gequält nachts wach zu liegen.«

»Was für ein Glück, lesen zu können«, sagte Frau Löhr.

»Mich hat noch keiner nachts gequält«, sagte Doris.

»Die Umwandlung des Kastrationskomplexes in eine schaurige Novelle«, sagte Frau Weiler.

»Oder in novellistischem Schauder«, sagte Becker.

»Worauf du anspielst, gibt heute nichts mehr her, das gilt schon für die Gattung der Novelle selber«, sagte Frau Weiler. »Mich interessiert die manifeste Struktur, in die das geheime Begehren des Autors eingeflossen ist, sein Vorhaben, Lebendiges in Buchstaben, letztlich tote Buchstaben, zu verwandeln und so seinem Tötungswunsch in der Verdrängung nachzugeben.«

Hier horchte Müller auf und trat an den Tresen heran, ich zog mich mit meinem Glas Wein an den Tisch zurück, an dem die Skatspieler gesessen hatten. Morgen 18:30 Uhr stand hinten auf dem Zettel, auf dem die Guten und Miesen notiert waren. Ich leerte das Glas ziemlich rasch, die grob gehauenen und stark gewölbten Wände gaben mir das Gefühl, mich in einer Höhle aufzuhalten, und anlehnen konnte ich mich nirgends. Sicher war das schon für die Erbauer ein Problem gewesen, das zu lösen sie anderen überließen.

Am Tresen nahm ich noch ein Glas, auch weil ich dann nahe an Doris vorbeikam.

»Nein!« rief der, dessen Namen ich usw. »Falsch, ganz falsch! Ein Autor verwandelt Abgestorbenes, Vergangenes mit seiner Dichtung zu unsterblichem Leben. Wir wären sonst gar nicht hier. Die Dichtkunst, das ist säkularisierter Auferstehungskult, Grabbeigabe beim Überwechseln in eine höhere Daseinsform.«

»Und du redest von Vernunft und Scheinvernunft«, sagte Wildhausen, »du hättest besser mit uns Skat gespielt.«

Frau Weiler antwortete etwas, das ich trotz des Versuchs, aufzupassen, nicht begriff. Von Löchern war die Rede, die jeder Text erzeuge und durch die hindurch die Lesenden fielen, um im Netz des Autors zu landen, nein, durch die hindurch der Autor seine wahren, allergeheimsten Beweggründe zu schreiben preisgäbe, ob gewollt, ob ungewollt sei dahingestellt, durch die er jedenfalls und buchstäblich nach Hilfe, gar nach Liebe schrie.

»Ein stummer Schrei, und an uns Lesenden liegt es, ihn zu erhören«, sagte Frau Löhr.

Müller starrte Frau Weiler an, oder ich starrte sie und danach Müller an, ich fühlte mich auf einmal allein, was ich niemandem sagen konnte, sollte mein Gespür recht behalten. Lechleitner schob mir ein volles Glas über den Tresen, was mir beinahe fürsorglich vorkam.

»Eine Frage des Stils«, sagte er, »oder neuerdings der Sprache des Autors, direkt und lakonisch.«

Von wem habe ich mich wie verabschiedet? Doris hatte ich auf einmal nirgends mehr gesehen. Meine Stimmung in den letzten Augenblicken der Bewusstheit war zwiespältig gewesen, aber wahrscheinlich war niemand ausfällig geworden und wir waren alle etwa gleichzeitig zu unseren Zimmern aufgebrochen. Morgen 18:30 Uhr. Das bedeutete etwas, aber was? Ein Hahn krähte mehr als dreimal und durchdringend laut, er musste direkt unter meinem Fenster sein. Ich sprang auf, suchte die Schreibtischplatte ab, fasste das Radiergummi und schleuderte es nach draußen, und der Hahn stolzierte hin und pickte zwei, drei Mal hinein. Hinter dem Hühnerstall erhoben sich die Olivenhaine und Rebhänge, dunkle Zypressen im Morgendunst. Ich knipste das Licht aus, ohne dass es dunkler wurde um mich her. Auf dem Weg durch den Flur zum Bad hoffte ich sehr, dass es frei wäre, mein Zimmernachbar würde auf meine Bitte, sich ein wenig zu beeilen, wohl mit keiner Silbe reagieren.

3

Wir begannen unsere Sitzung wieder draußen, der Vormittag blieb zunächst schön und fast erfrischend. Offenbar war gestern alles gut zu Ende gegangen, niemand wich mir aus oder sprach mich auf eine Bemerkung an, an die ich mich nur ungern erinnerte. Dennoch durchkreuzte mein Zimmernachbar alle meine Versuche, mich zu konzentrieren, indem er unentwegt in seinen Notizbüchern blätterte oder aus seiner ledernen Mappe das eine und andere Heft hervorholte und wieder wegsteckte. Nach einer Stunde zogen Wolken auf, es wurde kühler, und wir zogen uns ins Haus zurück.

Während der Regen gegen die Fenster prasselte, rückten wir näher zusammen, außer meinem Zimmernachbar, der seinen Stuhl ein Stückweit aus unserem Kreis herausschob, die Stuhlbeine kreischten über die glatten steinernen Fliesen, und Frau Löhr verzog das Gesicht. Verstohlen musterte ich die anderen Kursteilnehmer: Mit wem hatte ich bisher kaum ein Wort gewechselt? Noch war es zu keiner Liaison gekommen, es sei denn Doris und Müller, Müller mit seiner Geringschätzigtuerei, wo er das Werk besser kannte als wir anderen zusammen. Aber vielleicht machte ihn gerade dieses Wissen so undurchschaubar anziehend? Nein, da Doris auftauchte, frisch wie der Morgentau. Gott würfelt nicht!

Mit unserer Diskussion steckten wir jetzt tief im ersten Band. Um im Bild von gestern zu bleiben, wir hatten bereits die Soße für die Spaghetti à la Bolognese angerührt, wir brauchten sie nur noch lange köcheln zu lassen und später die Spaghetti unterzurühren. Freilich, wann genau war später?

Auf einem anderen Bild hatten wir ein Tal durchquert, wo zwischen dichtem dornigen Gestrüpp ein Bach, ein Rinnsal nur, dahinrann, und wir hatten uns dabei Hemden, Blusen und Hosen zerrissen und uns an Armen und Schenkeln geritzt. Einige hatten vorübergehend schlappgemacht oder einen anderen Weg eingeschlagen, bis sie von umherstreunenden Hunden wieder auf unsere Spur zurückgescheucht worden waren. Von der ersten Hügelkette aus erblickten wir mit Schweiß in den Augen knapp unter uns einen grünen Talgrund, dort war das Gesträuch am dichtesten. Oben sah man, dass der Himmel ohne Wolken war, ganz anders als das reale Wetter, man blickte auf fast tropisch wuchernde Baumkronen, in der Ferne Zypressen und noch etwas weiter weg ein paar Ziegeldächer, ockerfarbene, dann und wann etwas Größeres, ein Weizensilo, ein Asyl, in dem Tierversuche vorgenommen wurden, ein Weingut, in das man sich hinübersehnte, um sich einen ganzen langen Sommertag seiner Probierlaune hinzugeben …

»Jetzt haben wir den Kontrast zwischen Werk und Skat hergestellt«, sagte Doris, »aber wie sieht es mit einer Verbindung zum Umfeld hier aus?«

»Historisch oder regional?«, sagte Frau Gebauer.

»Um ganz offen zu sein, das ist mir heute gleich«, sagte Doris, »was ich suche, ist das Türchen, das uns aus dem Werk hinausführt, die Eselsbrücke meinetwegen in die real existierende Landschaft hinüber, wo wir schon mal da sind.«

»Es regnet noch«, sagte ich.

»Nicht aus dem Werk heraus, sondern durch es hindurch«, sagte Müller, »Satz für Satz, Absatz für Absatz.«

»Die Landschaft kann mir gestohlen bleiben«, sagte Mohrungen, »alles mehr oder weniger verkrüppelt und vertrocknet, mehr oder weniger überwuchert.«

»Aber es gibt einen See ganz in der Nähe«, sagte Frau Gebauer.

Das warf Fragen auf, zumal der Regen nachließ. Frau Gebauer wollte den See gestern entdeckt haben, vermutlich während meiner Siesta, einen verlassenen Fischteich mit leicht schlammigem, weichen Wasser und nicht kalt, sie sei darin geschwommen.

Damit waren die Meisten abgelenkt, und dann brach auch noch die Sonne wieder durch die Wolken, die Nässe draußen war schnell verdampft, und wir trugen unsere Stühle wieder hinaus, während manche Blicke zu Frau Gebauer schweiften. Nahe der sonnenbeglänzten Mauer sitzend, staunte ich darüber, wie viele Eidechsen in dieser Gegend lebten, ohne einander in die Quere zu kommen, wenn sie die Risse zwischen den Steinen erkundeten, in denen der Mörtel wieder zu Staub wurde, oder wenn sie sich anlocken ließen von den feuchten und schattenhaften Mulden und Kluften im Boden.

Als Müller eine Kaffeepause vorschlug, fragte ich in kalkuliertem Übermut meinen Zimmernachbarn, ob ich ihm eine Tasse mitbringen solle, doch er nagte nur stärker an seiner

Unterlippe und sah an mir vorbei. Es dauerte eine Weile, bis jemand eine Person vom Küchenpersonal ausfindig gemacht hatte, Gundula, von der es hieß, sie habe sich noch vor Ankunft der meisten Kursteilnehmer auf dem abgeräumten Dachgarten des Nebengebäudes, fast über der Hauskapelle, nackt gesonnt.

»Stimmt das?«, sagte Haag.

»Man muss auch Fragen im Raum stehen lassen können«, sagte der, bei dem dem ich mir ständig vornahm, nach seinem Namen zu fragen, und diesmal tat ich das.

»Das ist nicht dein Ernst«, sagte er.

»Namen bedeuten nichts«, sagte Becker, und wir ließen uns von Gundula ablenken, die die ersten Tassen Kaffee hereinbrachte, gekleidet in etwas, das man ein transparentes Turnertrikot nennen könnte, flamingo- oder lachsfarben, also mehr oder weniger rosa.

»Nicht zuletzt ist das Werk auch Geschichtsschreibung«, sagte Müller, kaum wieder draußen, »Kunstgeschichte und Künstlerbiografie in einem und dennoch mehr als beides für sich.«

»Eins ist mehr als sich selbst oder zwei sind mehr als ihre Summe?«, fragte Becker und stellte seine Tasse auf den endgültig trockenen Boden.

»Mehr als das Dritte, das sie beide ergeben«, sagte Müller, »denn es ist nur scheinbar unpolitisch.«

»Das Politische ist nicht das Metaphysische«, sagte ich und spürte, dass ich rot wurde.

»Ich gebe zu bedenken, dass der europäische Roman ursprünglich als Unterhaltung begonnen hat«, sagte Gattner.

»Gegenthese, er wird als Unterhaltung enden.«

»Aber welche Strecke hat er zurücklegen müssen, um sich bis zu unserem Verständnis von Prosa als Form hinaufzuarbeiten.«

Doris beugte sich zu mir herüber.

»Wenn ich etwas gernhabe, dann einen zuvorkommenden Herrn, der einer Frau die Wünsche von den Lippen liest«, sagte sie.

Mit zwei leeren Tassen in den Händen streifte ich die Gruppe, die sich um Frau Gebauer scharte.

»Ich habe nur meinen Frauenkalender immer bei mir«, hörte ich sie sagen und Lechleitner einwerfen: »Dann muss er aber ziemlich nass geworden sein.«

Ich erfuhr noch, dass bei dem See ein aufgegebenes Restaurant lag, einstöckig, mit hinterlassenen Tischen und Stühlen unter einem Strohdach, samt einer Art Veranda, alles versponnen und vergessen, was bei Frau Gebauer ein wehmütiges Gefühl wie in der Nachsaison hervorgerufen hatte. Und es war nicht auszuschließen, dass im Keller oder sonst in einer Vorratskammer noch ein paar gute Flaschen lagerten.

»Ich klaue nicht einmal Bücher«, sagte Gattner und trat hinzu.

»Ich schon«, sagte Frau Gebauer.

»Du schwimmst auch ohne alles«, sagte Hetterich.

»Brauchst du ein Gummitier?«, sagte Frau Gebauer.

»Können wir weitermachen?«, sagte Müller.

4

Wir hieben die Macheten in das Dickicht, Vögel schreckten uns mit ihren Flügelschlägen und ihrem Gekreisch, Frau Löhr brachte das Gespräch auf die Schlangen gegen Ende des ersten Bandes, auch weil es sie beunruhigte, dass es hier in der Gegend welche geben sollte.

»Wie können nur diese schmalen, sich schlängelnden und Gift verteilenden Biester …«

»Gift statt Samen …«

»… diese Gift austeilenden Biester als Phallussymbole gelten?«

»Wegen des seltsam geformten Kopfes, der tatsächlich, allerdings von oben gesehen, eine gewisse Ähnlichkeit …«

Frau Gebauer stöhnte auf, und Weber strich sich über die Hose.

Aber was entspreche denn am Penis der gespaltenen Zunge?

»Wir müssen weiter zurück«, sagte Müller, »der Teufel als Schlange, die Sexualität oder Asexualität im Paradies, der Verlust der Unschuld. Und ihr werdet sein wie Gott. Zum ersten Mal mündet Mimesis in einen Konflikt.«

»Und was für einen!«

»Die Eckpfeiler unserer Kultur waren damit errichtet.«

Ich konnte mich nicht mehr länger gegen das Geraschel an meiner Seite wehren und hielt mich mit heimlichen Blicken schadlos. Einreißen, las ich im Notizbuch meines Zimmernachbarn und äugte noch einmal. Letzten Endes ist jeder allein.

Wir steckten im Sumpf. Der erste Band war fast bewältigt, und das Wasser quatschte in unseren Schuhen. Unser Tontechniker hatte sich aufgemacht, um irgendwo im Dickicht oder auf einer unverhofften Lichtung, über einem Rinnsal oder an einem blühenden Strauch das Summen fleißiger Bienen einzufangen. Währenddessen filmte der Kameramann durch das Gespinst der Zweige eine fiebrig glühende Sonne, letzte Tropfen auf den Blättern, Spinngewebe und schwirrende Libellen. Das Filmteam brauchte solche Sequenzen, wenn es den Extrakt unserer Diskussionen für das Programm einer Fernuniversität zusammenschnitt. Na, da waren wir aber gespannt.

»Wir haben uns dem Werk von verschiedenen Seiten genähert«, sagte Müller, »mit den verschiedensten Methoden und manchmal auch ohne Methode, spontan, schier naturwüchsig, aus einer höheren Naivität heraus, und immer dem hermeneutischen Zirkel ausgeliefert, wenn ihr wisst, was ich meine. Wir haben Tunnels gegraben und Bäume gefällt, wir legten Hand an die Vorräte und hoben Mulden aus. Wir wateten bis zur Brust im Wasser, das Rüstzeug über dem Kopf, wir fuhren mit dem Auto heran, mit dem Zug, mit Ersatzbussen, wir leerten ein Glas Eau de Cologne darüber aus. Aber es ist immer noch voller Geheimnisse, mehrerer Fallen, es ist voll von Scheinbriefkästen, Verstecken in hohlen Baumstämmen, die vermutlich alle erst das große Gesamtgeheimnis ausmachen, die abgedunkelte Wahrnehmung des Schreibenden, eine Art Sonnenschild über der Stirn, dessen Gummiband hinter den Ohren zwickt.«

Es ging auf sechs Uhr zu, Sommerzeit, und wir schlossen mit diesem Resümee für heute ab. Künstlerbiografie oder Entwicklungsroman, zu diesem Komplex wollte sich morgen Hetterich als Goethe-Spezialist äußern, er hatte vor, das Thema im Herbst einem Volkshochschulkurs zugrunde zu legen: die Gesellschaft vom Turm, die Sturmfluten des Frühlings und die Architektur der Postmoderne.

In zwei Autos brach die Corona auf zum Teich, der heute vielleicht zum See geworden war. Ein kühles Bad, falls das Wasser überhaupt kühl war, reizte mich zwar auch, aber selbst wenn ich zu Fuß über den Hügel gegangen wäre, hätten mich dort zu viele mittlerweile Bekannte erwartet. Ich wollte nicht unbedingt allein sein, doch immer dieselben wollte ich auch nicht um mich haben, zumal Doris etwas Ähnliches zu denken schien. Nach so vielen Gesprächen war es mir im Kopf unordentlich geworden, ich fing schon an zu stottern beim Denken. Sicher hatte mir der eine, der es nicht hatte fassen können, dass ich seinen Namen noch immer nicht wusste, ihn mir gestern Nacht in der Bar mitgeteilt. Also in die Bar! Oder aufs Bett? Morgen 18:30. Das war schon fast vorbei, aber trotzdem. Da Lechleitner mit zum See gefahren war, holte ich mir selber eine Flasche Moretti Doppio Malto, inzwischen von Heineken fortgeführt. Kurz danach blickte sich Doris wie zufällig in der Bar um. Ich war verlegen, als hätte sie mich dabei ertappt, wie ich sie zu ertappen versuchte.

»Warum nicht am See?«

»Hier ist es kühler.«

»Soll ich ein zweites Glas holen oder eine zweite Flasche?«

In diesem Augenblick kamen drei von der Skatrunde gestern herein, der vierte folgte, noch bevor sie das erste Blatt verteilt hatten.

5

Die Autotüren schlugen, alle schrien durcheinander, halb aufgeregt, halb aufgebracht, und das trieb Doris und mich aus der Bar. Genau acht waren zum See aufgebrochen, sieben kehrten zurück. Emmerich, so hieß der, dessen Namen mir nun keine Probleme mehr machte, lag in Siena in einem Hospital, mit Schrotkugeln im Oberschenkel. Sie hätten allesamt vor den Schüssen fliehen müssen, denn sie waren nach ein paar Schwimmzügen nackt auf dem ziemlich baufälligen Steg gelegen und hatten noch gewitzelt, ob er ihr Gewicht auch in Kleidern aushalten würde, und sie hatten dazu eine Flasche Amaretto, die

Emmerich, ausgerechnet er, im verlassenen Schankraum gefunden hatte, herumgehen lassen. Bevor sie den Rest in den Teich gießen wollten für die Fische, war plötzlich neben dem Steg im seifigen dunkelgrünen Wasser so etwas wie ein Plop, Plop, Plop zu hören.

Es dauerte einen Moment, bis sie merkten, dass es Kugeln waren, Schrotkugeln, Schüsse also, egal woher, da hieß es, alles zusammenraffen und ab! Vielleicht waren es nur Warnschüsse, die Tat eines Einheimischen, der schamlosen Touristen einen Schrecken einjagen wollte, Emmerich jedoch, so übereinstimmend Gattner und Frau Leopold, die sich auf der Flucht noch einmal umgeblickt hatten, bremste mitten im Lauf ab, um zum Steg zurückzurennen, wo sein Exemplar des zweiten Bandes lag. Der arme Kerl lief mehr in die Kugeln hinein, als dass sie ihn ereilten, aber sein Aufschrei hallte noch allen in den Ohren.

Lechleitner schlug vor, sich in der Bar bei einem Glas abzuregen und alles Weitere zu besprechen, es lag auf der Hand, dass wir diese Neuigkeit der Skatrunde schon vor dem Abendmahl mitteilen sollten.

»Ich kann heute sowieso nichts mehr essen«, sagte Frau Herhausen, aber niemand stimmte ihr zu.

Ausgelaugt von der Sonne und den Schwimmübungen, schlugen die Drinks bei allen rasch an, und es wurde schon wieder laut im Gewölbe. Hatte schon einer getroffen werden müssen, dann zum Glück keiner der Anwesenden, und dass Emmerich außer Lebensgefahr war und wahrscheinlich morgen wieder dazustoßen würde, nahmen einige als einen Grund mehr zum Feiern. Die Skatspieler waren fein heraus. Weder hatten sie um ihr Leben rennen müssen noch mussten sie sich vorwerfen, sie hätten die wie auch immer rückständigen Sitten der Einheimischen verletzt.

»Homo ludens«, rief einer von ihnen aus, »homo ludens, mehr sage ich dazu nicht.«

Als mein Zimmernachbar die Bar betrat, war es Nacht. Fern von jeder gemeinschaftlichen Unternehmung hatte er nichts von dem Vorfall am Teich oder See mitbekommen und sich allein drüben im Speisesaal etwas zurechtgemacht. Es war klar, was Doris und ich dachten, bevor das Gerede in der Bar wieder anschwoll, doch hatte es nun einmal Emmerich erwischt und nicht ihn. Da gab es doch einen berühmten Kriminalroman mit dem Titel: Die Tote im See …

»Nicht auch das noch«, sagte Frau Leopold.

»Immerhin haben die Schüsse ein Problem von mir gelöst, aber wie viele Schüsse wären da nötig, um wirkliche Probleme von mir zu lösen?«, sagte ich.

»Verstehe nicht ganz«, sagte Frau Leopold, »du warst ja gar nicht mit am See.«

»Wissen Sie, dass Sie der Einzige hier sind, den ich sieze?«, brüllte Müller meinen Zimmernachbarn an, und er stieß einen gurgelnden Schrei aus, starrte Müller absolut fassungslos an und stürzte mit zittrigen Schultern aus der Bar. Mir war das nicht recht. Aber ich war ja tatsächlich nicht mit am See gewesen, und Müller hatte es vielleicht hinterrücks im Nachhall des Schocks erwischt.

»Schau doch mal nach ihm«, sagte Doris, und ich ließ mir von Lechleitner mein Glas füllen und nahm es mit ins Dunkel hinaus.

Die Zikaden sägten, der Himmel war von Sternen übersät, und in der Ferne schlug ein Hund an. Ich sah kaum, wo ich hintrat, und als ich keinen Kies mehr, sondern Gras und Zweige und Laub unter den Schuhen spürte, blieb ich stehen und lauschte dem Prasseln meines Strahls. Dann wieder den Zikaden und dem leiser werdenden Hund, dann ein Rascheln, vielleicht von einem Vogel, der im Schlaf den Zweig wechselte, vielleicht von einer Maus, von einer Schlange oder von einer Maus, die vor einer Schlange floh.

Ich rief Hallo und hoffte sogleich, nicht gehört zu werden, es war ja lächerlich, all das. Nach dem letzten Schluck schleuderte ich das Glas ins Gebüsch, wo es klirrend zerschellte. War das möglich? Ich musste irgendeinen Stein getroffen haben, dem wollte ich morgen nachgehen. War schon der Wurf peinlich, so waren Glasscherben dazu noch gefährlich. Als ich mich umwandte, rutschte ich auf dem Gras weg, entweder war mein Schuh nass geworden oder es gab Abendtau, ich wankte, verfing mich im Gebüsch, bekam einen behaarten Arm zu fassen, ein Aufschrei, von mir oder von diesem Wesen.

Auf drei zusammengerückten Stühlen kam ich wieder zu mir, nahm den säuerlichen Geruch nach Wein und Bier wahr, das muffige Gewölbe, die Kopfschmerzen und Frau Löhrs Bauch, ihre Knie nahe vor meinen Augen.

»Ich mische den Hauswein immer stark mit Wasser«, sagte Frau Löhr, »so schadet es meinem Kind nicht.«

»Er wacht auf.«

Das war Doris' Stimme.

6

Nichts hatte sich aufklären lassen, stimmt, ich hatte zunächst auf Emmerich getippt, auf seine Rache dafür, dass ich seinen Namen solange nicht behalten hatte, er habe mich im Dunkeln erkannt, murmelte ich, aber nein, entgegnete man mir, er lag ja, stärker verletzt als ich, im Hospital. Wieder auf den Beinen ging ich mit den anderen, die noch die Stellung hielten, nach draußen. Ein Wassertank brach genau über uns im Himmel auseinander, ohne weitere Vorzeichen fing es an zu schütten, und wir brachen die Suche nach Spuren sofort ab.

In dampfenden Kleidern in der Bar sagte Haag: »Wir stehen vor dem Übergang in den zweiten Band, alle Spuren sind im Durcheinander der vielen, noch dazu ähnlich klingenden Namen zwar nicht verloren, aber auf raffinierte Weise ineinander verwoben. Ein Sommerkurs wie unserer kann wirklich dazu beitragen, die Konflikte zwischen welchen Beteiligten auch immer herauszuschälen und die abgefahrenen Profile zu erneuern.«

»Morgen müssen wir gut zu Fuß sein«, sagte Müller, »der zweite Band enthält ganze Kapitel voller Geröll, in die Landschaft gekippter Schutthalden, Gebots- und Verbotsschilder vor jeder

Kreuzung, verkarstete Flächen, erodierte Hochebenen, Sand, Schrunden …«

»Genau darüber vergeht er, der zweite Band«, sagte Warnicke, und ich hörte ihn zum ersten Mal etwas sagen. Sie sprachen also nicht mehr von mir, ich konnte mich ebenso gut davonstehlen.

»Nicht wieder ausrutschen!« Müller rief mir das hinterher.

Langsam ging ich um das Haus herum. Fast alle Fenster waren dunkel, diejenigen, die nicht mehr mit in die Bar gekommen waren, nützten die Abkühlung, um in den Schlaf zu finden. Im Licht der Funzel über der Haustür sah ich ein paar glitzernde Tropfen treiben, ich spürte sie auf der Haut, der Wind schüttelte sie aus dem Efeu an der Hauswand. Die Luft war frisch, zum ersten Mal seit ich ich hier war, fröstelte ich.

Mit den nassen Sohlen rutschte ich auf den Steinfließen im Innern kurz weg, hielt mich aber am Geländer fest wie Ole Wolinsky im zweiten Band, hat man erst die Stelle erreicht, wo die Hütte auf dem Landstrich hinter dem Meer geschildert wird – oder vor dem Meer, denn man kommt lesend aus der Wüstenei des Eingangsteils. Diese Hütte wird im Folgenden eine bedeutende, nur schwer fassbare Rolle spielen.

Wolinsky wirkt nicht unbedingt faustisch, gibt sich aber als treues Mitglied einer areligiösen Sekte aus, eines geheimen Bunds, deren Lenker bis dahin nicht nur noch kein Leser kennt, sondern die offenbar auch voneinander nichts wissen. Die Aufnahmebedingungen scheinen nicht in Stein gemeißelt, jede und jeder hat auf andere Weise in den Bund gefunden, aber was heißt schon jede und jeder? Dazu müsste man alle Mitglieder kennen und wissen, dass dies alle sind, dass im dritten Band kein Neuer mehr auftauchen, sich gar als Gründer dieses Bunds zu erkennen geben und neue Verwirrungen, alte Rivalitäten auslösen wird.

Licht fiel unter der Tür der Toilette hindurch, ich versuchte, vorsichtig zu öffnen, und hörte von drinnen jemanden so unmutsvoll aufschnauben, als wehre er wenigstens den dritten Versuch ab, einzudringen. Also setzte ich mich auf die Treppe, den Kopf in den Händen, die Ellbogen auf den Knien, so musste ich eingenickt sein, denn als ich wieder aufblickte, stand die Tür sperrangelweit offen. Die Fliesen vor der Schüssel waren voller Tropfen, Blut oder Rotwein, wer weiß, ich wollte es lieber nicht wissen, die Hauptsache, ich war wieder klar im Kopf, und morgen war auch noch ein Tag. Eine Bewegung am Ende des Gangs ließ mich herumfahren, Doris hielt dort so lange inne, dass ich mich nicht täuschen konnte, nein, es war sie und sie war, naja, also viel hatte sie nicht mehr an. Doris wandte sich dem seitlichen Flügel zu, wo es einen offenen Raum mit Fenstern ohne Scheiben gab, mit einem breiten Holztisch, wie ich wusste, einem Kamin, vielleicht Pseudo, und zwei in die Ecken gerückten Sesseln. Die Schuhsohlen quatschten leise, während ich auf das Geräusch ihrer nackten Sohlen lauschte, bevor Doris hinter die Tür glitt, ohne sie zu schließen. Im Mondlicht erblickte ich sie in einem der Sessel, das eine Bein auf eine Armlehne gelegt, und es war wieder ihre Stimme, die sagte, komm, oder so ähnlich.

Und wenig später war ich am Ursprung ihrer Welt, wie er gegen Ende des zweiten Bandes nach dem Gemälde von Courbet so haarklein beschrieben wird, dass dieses Stück Prosa sich zu einer perfiden Verklärung des Realismus erhebt, einer Himmelfahrt ob mit, ob ohne Wiederkehr. Damit lag übrigens der Weg frei für die Schilderungen der Welt in einer anderen Dimension im dritten Band, dem am stärksten umstrittenen. Denn dort werden einige mit immerwährendem Heil belohnt oder ins ewige Nachdenken versetzt, teils Mitglieder in dem Bund, dessen

Namen geheim bleibt, teils keine Mitglieder, und andere werden bestraft durch eine Umkehrung der besonderen Art, wonach ihre Schatten aufrecht gehen und ihre Körper mal hinter, mal neben sich her schleifen, mal kriechen sie ihnen in einer Art Scheinfreiheit voraus. Es ist ein Wandeln durch Dreck und Staub, über zerschundene Fußmatten hin, und praktisch immer, wenn die Schatten eine Straße überqueren, die eher einer Autobahn ähnelt, werden die Körper auf das Schlimmste gestreift oder erfasst. Aber sie lassen sich nicht auseinanderreißen, und ob das eine versöhnende oder eine verschärfende Aussicht auf Künftiges ist, darüber werden wir sicher noch ausgiebig streiten, zumal es noch nicht das Ende der drei Bände ist.

7

Mit dem Schrei des Hahns fuhr ich hoch, tastete nach meinem Schuh vor dem Bett, schlich zum Fenster und schleuderte ihn hinaus, wo er auf die Mauer des Hühnerstalls traf und sang- und klanglos herabfiel. Vielleicht war es auch ein Gebäude zum Einlagern, oder vor Jahrzehnten stellten die Reisenden dort ihre Pferde unter, etwas an diesem Bau kam mir ungewohnt vor, und wenn es nur am Blickwinkel lag. Stimmt, denn ich war gar nicht in meinem Zimmer. Hatte ich Doris geweckt? Ja, das hatte ich, und diesmal genügte ein Wink, ein Fingerzeig. Stunden vom Meer entfernt tauchten wir ineinander, schwammen in salzigem Schweiß und tauchten wieder herauf, und darüber verging der Morgen, und der Hahn hatte aufgehört zu krähen.

Als wir in den Frühstücksraum traten, blickte Müller auf, allein am Tisch, abgesehen von meinem Zimmernachbarn am anderen Kopfende, der uns keines Grußes würdigte, während Müller uns mit einer Handbewegung an seine Seite lud.

»Bloß nicht entschuldigen, sagte er, »es steht jedem und jeder frei, die sublimierende Beschäftigung mit dem subtilen Werk auch mal auszusetzen.«

Er nahm eine Dose Thunfisch hoch, offenbar ein Überbleibsel vom Frühstückstisch, brach den angeschweißten Öffner an der Unterseite ab und sagte: »Wäre dies der dritte Band, würdet ihr morgen sehen, dass er die Mittel, in ihn einzudringen, zu uns zu sprechen, durchaus bereithält, dass er auch die Mittel vorgibt, ihn von uns schmecken, riechen und auf der Zunge zergehen zu lassen.«

Doris fragte nach den anderen.

»Am Meer.«

»Bei dieser Entfernung?«

»Da geht ja ein ganzer Tag verloren.«

»Das Kamerateam hat agitiert. Ich war von Anfang an dagegen, aber Becker beharrte darauf, eine wellenförmige Bewegung wahrzunehmen, in die der zweite Band auf den letzten Seiten ausläuft, ein fortwährendes Hin und Her der Brandung, ein endloses Auf und Ab, das Murmeln einer ewigen Melodie, von der wir den Namen des Komponisten nie erfahren werden, der Geruch nach Schmand und Tang, das Schillern von öligen Flecken auf den bewegten Sätzen, die ja tatsächlich in Hexameter von altgriechischer Wucht und lautmalerischer Hinterlist übergehen. Schade, dass ihr nicht dabei wart, auch wenn ihr es wohl anders seht, ihr hättet hören sollen, wie Becker den Schluss laut vorlas, passagenweise mit geschlossenen Augen, insofern nicht ganz textgetreu, aber von dem Werk gibt es ja auch keine fehlerfreie Urfassung, diese verdammte Dose! Kannst du mir helfen?«

Ich wickelte das Blech wieder auf und setzte den Öffner neu an, Doris beugte sich herüber und saugte das bisschen Blut an meinem Finger auf. Müllers Kommentar war so naheliegend, dass ich ihn überging. Hinten erhob sich mein Zimmernachbar, stopfte Papiere und Notizhefte und die drei Bände in seine Mappe und verließ den Raum.

»Die Skatrunde ist geplatzt«, sagte Müller, »ziemlich spät in der Nacht.«

»Das ist uns neu.«

Doris schaute mich an.

»Man kann nie alles mitkriegen, nicht nur das Aufnahmevermögen, auch das Erfahrungsvermögen ist begrenzt, so sehr man an diesen Grenzen rüttelt. Zum Beispiel wird dem Polygamen die Erfahrung des Zölibats immer verwehrt bleiben. Irgendjemand hat aus Jux ein paar Skatkarten verschwinden lassen, alle Joker, und die Skatbrüder stellten sich gegenseitig ins Rampenlicht des Verdachts, entschuldigt die Genetivmetapher, im Umgangssprachlichen bleibt ihre Wirkung unbestreitbar.«

»Für mich ist klar, dass der Schluss von Band zwei auf einer Kaimauer abgefasst worden ist«, sagte Doris, »Neid und Ferne. Da fühlt eine Frau sich angesprochen.«

»Es ist die Mole der spätbürgerlichen Geistesbewegung, vor der diese Geister noch einmal zurückfluten und das Strandgut ihrer Vergangenheit preisgeben, nachdem sie als idealistische Sturmflut das halbe Abendland verwüstet haben. Hier, Thunfisch in Gelee.«

»Ohne einen Schluck Weißwein?«

»Versucht ihn, Kinder, auch wir sind nur einmal jung gewesen«, sagte Müller, »kommt mit zum See, wer auch immer geschossen hat, er wird nicht mit unserer Rückkehr rechnen.«

»Wir waren gar nicht dort.«

Ich blickte Doris an.

»Stimmt. Rückkehr trifft es nicht ganz.«

Wir schwiegen einen Moment, unschlüssig.

»Ach was, wir werden in strahlender Schönheit auf der Hügelkuppe erscheinen, und von da führt ein staubiger Pfad hinunter zum Wasser, ein Sprung über den Zaun, und wir gleiten ins Wasser wie durstige Silberfische.«

»Wir sollten lieber den dritten Band aufbereiten«, sagte ich.

»Eine kleine Erfrischung vor dem Endspurt«, sagte Doris und blickte mich an.

»Die anderen sind frühestens gegen Abend zurück«, sagte Müller, »und morgen werden wir ohnehin nicht durchkommen, und danach brechen die ersten bereits auf, Hofmann zum Beispiel hat nur für fünf Werktage gebucht.«

»Wer ist Hofmann?«, sagte ich.

»Er ist mit den andern am Meer«, sagte Müller, »und wir fahren am besten auch gleich, freilich nicht so weit.«

Während Müller steuerte, dachte ich daran, dass er in Kürze fast all das zu sehen bekäme, was ich in den Händen und sonst wo gespürt hatte, und ich schaute Doris an. Ganz zu schweigen davon, dass auch ich es wieder sehen würde, und das Einzige, was sich durch Erfüllung nicht stillen ließe, sei das Begehren, ein Satz im dritten Band, den ich mir angestrichen hatte, obwohl es längst nicht der originellste in dem Werk war. Dieser Satz ließ mich vermuten, dass unser Autor einen vierten Band geplant, wahrscheinlich auch begonnen hatte, er soll ja noch irgendwo leben, unter falschem Namen, und geheimniskrämerisch tat er schon immer. Vielleicht ging aus unserem Kurs eine kleine verschwiegene Kerntruppe hervor, der es gelänge, an die Manuskripte zu kommen, die, so munkelt man, von seinem Bruder verwahrt würden, nicht zuletzt um den Verkaufspreis für ein Literaturarchiv hochzutreiben. Als ob unser Autor das nötig hätte. Aber bitte, vermutlich war von den versprengten Skatspielern einer imstande, einen Stollen unter eine mäßig breite Landstraße zu treiben und durch den Keller ins Haus des Bruders, der sein Hüter war, zu finden. Ebenso konnte sich jemand mit solch praktischen Fähigkeiten nicht zum Skat eingefunden, sondern sich an diejenigen gehalten haben, die noch nach Mitternacht angeregt, statt angetrunken in einer Ecke der Bar weiter debattierten, etwa über den Anteil der Schwester an der Mannwerdung unseres Autors, über Mimesis und Widerspiegelung, Montage und Monolog, parodierten Expressionismus, und Doris schrie auf.

8

Eine Viertelstunde lang soll ich am Straßenrand auf und ab gegangen sein und immer wieder gemurmelt haben: »Nicht mit dem Fahrer sprechen«, bis endlich die Ambulanz den Hügel hochjagte, alarmiert von einem einheimischen Winzer, der hinter uns hergezuckelt war, womöglich die Schrotflinte auf dem Rücksitz. Müllers Ausweichmanöver hatte nichts genützt, erzählte ich am Abend in der Bar, er hatte die Schlange voll überfahren, ein dickes, aber wie uns der Winzer bedeutete, harmloses Tier, das sich in seiner Not um die Vorderachse geringelt hatte, beinahe wie ich mich Stunden davor um Doris, aber das behielt ich für mich, zumal ich keinen Grund hatte, mich mit einem Unfallopfer zu vergleichen. Die Pinie nahe der unwegsamen Straße müsse ziemlich krank gewesen sein, sagte ich in der Bar weiter, wir hätten ihr nur den Todesstoß versetzt, Müller freilich mit dem Kopf voran, Doris habe ihn mit der Ambulanz ins Hospital begleitet, ein Verdacht auf eine Gehirnerschütterung war auszuräumen, hoffentlich.

»Fragt mich nicht, wie es passiert ist«, sagte ich und alle schienen unmerklich enttäuscht zurückzuweichen, alle außer dem Kamerateam, es war noch mit Einbruch der Dämmerung losgejagt, um die Bremsspur, die im ausgetrockneten Graben vor dem Stumpf der Pinie endete, die zersplitterte Pinie selber und die Unfallkarre in kriminellem Halbdunkel zu filmen, eine Installation, die vielleicht noch viele Sommer lang als Mahnmal die vorbeirauschenden Urlauber ernüchtert hätte, aber Müllers Auto war schon in die Werkstatt geschleppt worden. Dass Doris nicht hier war! Nach solch einem Erlebnis müssten wir weiter nichts vertuschen, und sie könnte nun an meiner Schulter lehnen, statt im Hospital am Bett von Müller wer weiß was zu machen.

»Das Wichtigste kriegt man nie mit«, sagte Frau Löhr, die Füße auf dem Stuhl, um sich vom Gewicht in ihrem Bauch zu entlasten.

»Meine liebe Anna, du kriegst das bestimmt bald mit«, sagte Frau Gebauer.

»Hast du Kinder?«, sagte ich.

»Und ob«, sagte Frau Gebauer, »der Älteste holt mich am Sonntag ab.«

In diesem Augenblick schrie Frau Löhr auf und war plötzlich das, wovor sie sich wohl seit der Ankunft fürchtete: der Mittelpunkt aller.

»Ist was?«

»Ach nichts«, sagte Frau Löhr, »sorry, es ist wirklich nichts.«

»Du solltest an die frische Luft gehen«, sagte Frau Gebauer. Und zu mir sagte sie: »Wir begleiten sie. Los.«

»Nein, nein, ist schon gut«, sagte Frau Löhr, und ich setzte mich wieder hin.

»Die Filmfritzen kommen zurück«, sagte Haag und ging vor zur Tür.

»Wie wär's mit etwas Musik«, sagte Lechleitner, »ich hab da ein paar Jazzplatten aus den Fünfzigern aufgestöbert. Total der Hype. Bebop. Vom Feinsten.«

»Hört, hört«, sagte Valdimir, mehr um zu zeigen, dass er auch noch da war. Ich merkte, dass ich boshaft wurde, ich vermisste Doris und ging auf den Tisch zu, wo sich die Runde einfand, die wieder und weiter über das Werk diskutierte. Dort wandte einer, dessen Name mir nicht einfallen wollte, den Kopf und kriegte so auch mich ins Auge.

»Wenn die Sieger gegangen sein werden«, sagte er, »wird das eigene Leben in das Land zurückkehren, die Erde wird wieder atmen, und es wird Staub sein, was sie atmet, bis im Herbst die ersten Regenböen sie erreichen und bei Nacht die Fensterläden in den leeren Gassen klappern, und irgendwo auf einer Terrasse schlägt eine Glastür zu, und denen, die droben standen und schauten, die nicht mehr als Stimme waren und so lange gesprochen hatten, denen wird das Mützenschild in die Stirn gleiten, und sie werden nicht länger den Mann betrachten, der sich im Schein der elektrischen Lampe über die Navigationskarte beugt, falls es keine Landkarte, kein Stadtplan, kein leeres Blatt ist.«

Es musste aus den letzten Seiten von Band drei sein, textgetreu oder nicht ganz, einen Liebhaber focht das nicht an. Bevor ich weiterging, fasste Mohrungen nach meinem Arm und nahm mich zur Seite. Er habe das Zimmer meines Nachbarn durchsucht, raunte er, auf eigene Faust und eigenes Risiko, die Tür sei offen gestanden. Das Bett war abgezogen und von seinem Mieter sei keine Spur, nicht mal ein Schweißtuch zu finden gewesen.

»Ist er etwa weg, ohne uns etwas zu sagen?«

»Mir nur recht.«

»Er hat uns doch nichts getan«, sagte ich wider mein Gefühl.

»Du bist mir ein Witzbold.«

Mohrungen hieb mir auf die Schulter.

9

Später im Bett tauschte ich mit Doris eine SMS aus, was mich derart beruhigte, dass ich am Morgen insgeheim den Hahn anfeuerte, noch lauter und länger zu krähen. Am Frühstücksbuffet konnte ich einige gewinnen, es kurz zu machen und nach Siena zu fahren, sowohl Emmerich als auch Müller seien aus dem Hospital entlassen und schon unterwegs. Der Tonmeister wollte mitkommen, der Kameramann nicht, und so blieben beide sitzen. Wer nicht am Steuer saß, schlief noch einmal ein paar Takte, und bald waren wir da und trotteten durch die zauberisch frischen Gassen, bis sich vor unseren Augen, gesäumt von einer hohen und breiten ockerfarbenen Häuserfront, die Piazza del Campo auftat: Mit großem Hallo fuhren die drei von ihren Stühlen hoch, wir schlossen Emmerich und Müller in die Arme, wobei die anderen die Gelegenheit nutzten, Doris mit Küsschen zu überhäufen. Wir rückten die Stühle heran, setzten uns zu ihnen an den Tisch und bestellten Espressi und auf Müllers Tipp hin kleines rundes, halb mit Gelee überzogenes Gebäck. Genüsslich ließen wir Emmerich und danach Müller reden, dem es darum ging, Emmerichs erhebliches Debakel zum Vorspann seines Abenteuers am Steuer zu machen. Dass ich mich ausgeschlafen fühlte, das lag an Doris und an meiner Hand auf ihrem Oberschenkel.

»Und Anne?«, sagte Emmerich, ausgerechnet er.

»Anne Löhr?«, fragte ich.

»Muss sich schonen«, sagte Frau Gebauer und ruckte auf.

Alle sahen wir dort hinüber, wohin sie mit dem Finger zeigte, auf ein Café weit drüben, genauer: an einen der vielen Tische, und da saß unter einer der Markisen, seine Notizhefte vor sich unberührt, mein ehemaliger Zimmernachbar und starrte eindeutig nicht zu uns, doch über die grandiose Piazza hin, in die mehr und mehr Touristen hereinströmten. Und auf einmal sprang er auf, um irgendetwas aus größerer Nähe zu betrachten, keine Ahnung was, er schien immer unruhiger zu werden, als wiche das, was er unbedingt sehen wollte, mit jedem seiner Schritte weiter vor ihm zurück.

»Jetzt verstehe ich«, sagte ich.

»Verstehst du was?«, sagte Doris.

»Er ist kurzsichtig.«

»Wer?«, sagte Müller.

»Oder taubstumm«, sagte Emmerich.

»Von wem redet ihr?«, sagte Müller lauter.

»Vielleicht hätte er uns vor einigen Irrtümern bewahren können«, sagte Doris und drückte mir die Hand.

»Ach was, du hast doch alle Bände gelesen«, sagte Becker.

»Und wenn er jetzt ein Knallbonbon zündet und eine rosa Wolke über die Piazza hinwegwehen lässt?«, sagte ich.

»Aber doch nicht der!«, sagte Müller.

»Das wäre das Sinnbild an sich.«

Ich fuhr herum, konnte aber nicht entdecken, wer es gesagt hatte, und sagte gerade heraus: »Stimmt. Rosa. Gibt es irgendeine Stelle im Werk, wo die Farbe Rosa vorkommt?«

»Das fragst du noch? Mann, du kennst doch das Werk auch auswendig«, sagte Becker.

»Ich bitte euch«, sagte Müller, »wir wollen nicht von vorn anfangen. Bis jetzt ist es doch, alles in allem, gut gelaufen.«

»Megagut«, sagte Doris.

Ein Glücksfall

1

Ob Schick oder Schwund, was immer er kaufte, er kaufte nicht dann, wenn die anderen kauften, nie betrat er im Zentrum ein Geschäft, nur weil es aufgegeben wurde oder weil der Schlussverkauf begonnen hatte, immer gab er einer Anwandlung nach wie heute Morgen, als er in der Fußgängerzone aufmerkte und hinüberging, und dort lag er, von der Farbe einer reifen Gurke. Ein Einzelstück, sagte die Verkäuferin, streifte die Schuhe ab, als wäre dies erst der Anfang, stieg ins Schaufenster, und der Pullover wurde einen Hauch dunkler, womöglich eine neue Faser, die auf die Wärme einer weiblichen Hand ansprach. Ich gratuliere Ihnen, sagte die Frau, ihr weißer Teint hob die schmalen, kastanienbraun geschminkten Lippen aus ihrem Gesicht, was ihn ein wenig erschreckte, wo es in der Stadt genügend Bräunungsstudios gibt. Sie sah ihn an mit Augen, die hinter den Vorhang der Welt geblickt und das Grün wirklichen Grüns gesehen hatten, nein, raunte sie, so etwas probiert man nicht an, er passt, das sehe ich, hier, sehen Sie, und sie hielt ihm den Pullover vor die Brust, legte die Ärmel auf seine gehorsam ausgestreckten Arme, ein Glücksfall, sagte sie, und wie immer in so einem Fall griff Heller zu, ohne sich lange über den Preis aufzuhalten.

Im Büro legte er den Pullover zur Seite und begann mit dem Auftrag für Brugg & Mayer, einem einfachen Inserat, in dem nur die gesunkenen Ölpreise unterzubringen waren, jeder andere hätte das auch gekonnt, aber er war nicht jeder andere, sein Ein-Mann-Betrieb war im Stadtanzeiger eingeführt nach so vielen Abenden im Martinique und im Paradosso, und wenn im Herbst die Heizperiode anfing, gehörten solche Aufträge zum Grundgerüst der jährlichen Bilanz. Heller arbeitete sich warm daran, und später, als er vom Zeichentisch aufstand und den zusammengelegten, in dieser Beleuchtung direkt moderig schimmernden Pullover auf der Lehne sah, überkam ihn etwas wie Stolz auf seinen spontanen Zugriff, seine Leichtigkeit: eben erstanden und schon vergessen. Amüsiert fischte er den Kassenzettel aus der Tüte, GUT EINKAUFEN SCHÖNER LEBEN, in ihrer Lakonik traf die

Werbung das Wesentliche, und jetzt vor den Spiegel mit ihm, bevor er am Abend Elvira darin überraschen würde! Zum Glück hatte keiner von beiden die Wohnung abgestoßen, um mit dem anderen zusammenzuziehen, unter verschärften Bedingungen, wie man im Martinique und auch im Paradosso scherzte, die eingefahrenen Zweier unter ihren Bekannten redeten so, die, die ihren Lebenspartner auf den Lebensabschnittspartner herunterkürzten, sobald Heller nach ihren Aussichten fragte, und sie lächelten einander zu, ohne mit ihm mitzulachen.

Elvira und er waren sich immer für eine Überraschung gut, diesmal war es dieser seltsam schattierte Pullover, dessen Kragen Heller doch eng vorkam, zu eng für die Versicherung, er sei ihm auf den Leib gestrickt, und auch wieder nicht zu eng dafür, wo sich etwas über sein Gesicht zu ergießen schien, als er den Pullover über Stirn und Ohren streifte, etwas Brennendes freilich, ein Stechen, wie es jemand fühlen mochte, der sich eine klebrig anliegende Gesichtsmaske abzog, nur ein kurzer Schmerz, und dann saß der Pullover wie angegossen und kratzte nicht und spannte nirgends, und Heller verwarf den Gedanken, ihn am nächsten Morgen umzutauschen.

Im Gegenteil, der Pullover stand ihm bestens, Heller wirkte wie erfrischt darin, jungenhaft trotz seiner zweiundvierzig Jahre, ein Alter, in dem er sich immer noch gefiel und in dem er nicht nur Elvira gefiel, selbst die kleinen Anfälle von Eitelkeit gefielen ihm, die er sich, sonst feinsinnig und zurückhaltend im Beruf, erlaubte, eine lächerlich beiläufige Untugend, die buchstäblich nicht ins Gewicht fiel. Redlich, taktvoll, fair im Umgang auch mit Gegnern, aufrichtig gegenüber seinen Geschäftspartnern, selbst den Gaunern unter ihnen, und einfühlsam bei Frauen, hatte Heller sich trotzdem geschont. Der Spiegel sagte ihm das, weiß Gott, es ließ sich auch Erfahrungsarmut nennen, denn wer sich so in eins mit seinem Dasein fühlte wie er, der müsste in der zweiten Lebenshälfte nicht gegen die Nachwirkungen seiner Ausschweifungen ankämpfen.

Auch Elvira war erstaunt über dieses Olivgrün, auf das sie sich nach einem gut gelaunten Streit einigten, aufgepasst, Heller, rief sie, der Kontrast hellt dich auf, sagte sie und lachte ihr Lachen, das das Romantischste an ihr war, dieser Pulli macht dich fünf Jahre jünger. Nur fünf? Ja, die fünf entscheidenden Jahre, du siehst aus wie damals in unserem karibischen Winter. Also sechs! Oder täusche ich mich doch? Und wenn schon! Am Nebentisch im Paradosso kreischte jemand vor Vergnügen, im Feuer, das der geglückte Abend schürte, ließen sie die zweite Karaffe halb voll stehen, um die Flammen zu löschen, bei dir? bei mir? Nachdem sie die letzten Male umständlich geworden waren, machten sie heute daraus kein Problem.

Als Heller in Elviras Badezimmer den Pullover abstreifte, wieder mit diesem stecknadelkurzen, auf das ganze Gesicht verteilten Schmerz, als habe er sich eine Schicht der Haut weggerissen, erblickte er im Spiegel sein verstörtes Gesicht, fahl und eingefurcht, gerade so, als läge die Nacht der Nächte, die heutige Nacht schon hinter ihm. Eben noch hatte er Elvira bei laufendem Motor mit einer Heftigkeit umarmt, als gäbe es keinen Ort, wohin sie gehen konnten, verrückt, dass er Elviras Ansturm auf dem Vordersitz gebremst hatte, und jetzt ein Schock, als sei er mit dem Druck auf den Lichtschalter kalt abgeduscht worden, eine erlöschende Erwartung, ein Stimmungsumschwung endlich, den Elvira gleich bemerkte, als er wieder ins Zimmer trat. Und mit einem leisen Aufschrei der Enttäuschung umschlang sie ihn so ungestüm, dass er sich bald bearbeitet vorkam, ein Eingeständnis vor sich selbst, gegen das er sich noch einmal aufbäumte und mit Elviras Hilfe ein Desaster verhinderte samt den quälenden Gesprächen danach, vielen Versprechungen und keinem Zusammenklang. So blieb es bei zwei Zigaretten, die sie scheinbar einverständig nebeneinander rauchten, zwei glimmenden Spitzen im Halbdunkel, hinter denen sie mit der unverhofften Wendung fertig wurden, wie ein erfahrenes Paar eben.

2

Als Heller am Morgen schon wieder in voller Montur, wach und locker in die Kochnische trat, wo Elvira im Bademantel die Eier aus dem Wasser nahm, wäre er am liebsten über sie hergestürzt, ungeduldig wie gestern im Auto, aufgereizt von ihren steifen Brustwarzen unter dem Frottée wie vor Jahren und oft ohne Frottée auf Jamaica, auf Kreta und auf Formentera oder eben hier, wo sie nie um den Tisch herumkamen, ohne sich aneinander zu reiben, manchmal gar lästig, aber heute so, dass sie sich aneinander pressten, Schenkel an Schenkel rückten, Unterleib an Unterleib, und nur die Vernunft, der volle Terminkalender!, brachte Heller dazu, die Wohnung beizeiten zu räumen.

Auf der Straße schaute er sich nach einem Bus um, entschied sich anders und hielt auf die

Fußgängerzone zu, wo er den Pullover umtauschen wollte, denn vorhin, als er ihn übergezogen hatte, war es ein Ruck wie ein beißend kalter Windstoß gewesen, und davon hatte er nun genug. Oder war es nicht auch belebend, und er trat deshalb so leicht und zügig wie auf Turnschuhen in die Boutique wie vorhin in Elviras Kochnische? Ein fahriger junger Mensch kam ihm entgegen, von seinem Jackett zusammengehalten, das er auftrug wie ein teures Gericht, während er von einer hohen Fluktuation zu schwatzen begann, sein Teint auffallend milchig, aber ohne Sommersprossen, Sie wissen ja, wie diese jungen Dinger sind, sagte er und hustete hohl, selbst in diesen Zeiten muss man sie nach einer Woche schon fortschicken, weil sie sich an der Kasse vertippen, weil sie keine anspruchsvolle Frage beantworten können, weil sie jeden spüren lassen, dass sie beim nächsten Casting groß herauskommen. Solche Zwetschgen könne er hier nicht brauchen, und Heller wollte auffahren, aber schließlich hatte ihn die Frau gestern regelrecht in die Pflicht genommen, und es hatte ihm geschmeichelt, dass sie offensichtlich ihn und keinen anderen für diesen Pullover ausersehen hatte.

Ich weiß wirklich nicht, was Sie wollen, hörte Heller, man trägt heute diese Kragen, und die Farbe macht Sie um Jahre jünger, so ist das eben mit der Mode, sie verlangt Ihre Mitarbeit, man zieht sich nicht einfach an, man kleidet sich bewusst. Der Mann hustete. Was man anzieht, sagt heute mehr über die eigenen Wünsche aus als früher über die eigenen Vermögensverhältnisse, Sie wissen ja, wie offen man die Klassenunterschiede zur Schau trug, und Sie wollen doch nicht in der Kleidersammlung für das Rote Kreuz wühlen, Hellers Stirnfalten zogen sich zusammen, zugespitzt, aber klärend, fuhr der Schnösel fort, wenn es etwas hier im Laden gibt, das vollkommen korrekt ist, dann Ihr Pullover. Er bugsierte Heller vor den Spiegel, fasste ihm mit zwei Fingern in den Kragen, zupfte und weitete, dieses Material übersteht problemlos das giftigste Reinigungsverfahren, und vergessen Sie nicht, ein Einzelstück, wenn Sie diesem Pullover auf der nächsten Party begegnen, dürfen Sie mich erschießen.

Noch einmal sah Heller in den Spiegel und fühlte zu seiner Verblüffung statt Unmut ein heimliches Entzücken. Wir sind doch alle bestechlich, nicht wahr, oder gutmütig genug, unsere Grundsätze nicht vierundzwanzig Stunden auf dem Prüfstand zu lassen, Toleranz auch nach innen, ja! Beschwingt eilte er ohne Umweg zum Treffen mit Gröhner von Gröhner & Wehr, sprudelte über vor Ideen, von denen diejenige Gröhner am besten gefiel, die Heller nicht ohne einen Anflug von Röte hervorbrachte, Brustbilder, großformatige, von jungen Menschen, auch dunkelhäutigen, mit einem Schuh wie einem Käppi quer auf dem Haarschopf. Während des Mittagessens im Casa d'Italia brillierte Heller, am Nachmittag im Büro, selbst in seiner toten Stunde, gingen ihm die Entwürfe von der Hand wie Zeitungen vom Fließband, er rief Elvira an, scherzte, versprach ihr ein tolles Wochenende, füllte nebenher einen Aschenbecher mit seiner Stimulationskippe, wie damals, als er sich die Verbindungen geschaffen hatte, von denen er heute lebte. Aber damals war er auch nach neun Uhr voll da gewesen, während er jetzt, kaum dass er daheim in seinem Badezimmer mit einem, falls man das sagen konnte, sachten Schmerz den Pullover über den Kopf gezogen hatte, vor dem Spiegel auf sein schlaffes, wie farbloses Gesicht starrte und darin zum ersten Mal die faltigen, wenngleich noch nicht verbitterten Züge seiner Mutter wiederfand. Das da waren graue Haare, nicht bloß an den Schläfen, und oben wurden sie dünner und ließen die Kopfhaut hindurchschimmern, in einem Weiß, das ihn abstieß, die Haut auf der Nase und den Backen war großporig und ohne Glanz, der dunkle Hemdkragen glitzerte, Heller hatte ein paar Schuppen unter dem engen, jetzt von ihm befreiten Pullover herausrieseln sehen. Beim Gedanken, noch einmal die Wohnung zu verlassen, schoss ihm Gallensaft in den Mund, da draußen würden ihn nur gespensterhaft volle Straßen erwarten, durch die ein ausgelassenes Volk schob, dessen Vergnügungen ihm schon eine Weile nichts mehr sagten.

Aber etwas wollte er noch ausprobieren. Er ging zurück ins Bad und zog mit geschlossenen Augen den Pullover über, öffnete sie erst vor dem Spiegel im Flur und war sich nicht mehr sicher, was er sich davon versprochen hatte, jedenfalls war das Gesicht zweifellos seins, seins mit zirka dreißig, fünfundzwanzig Jahren. Wer kannte schon das eigene Gesicht so gut wie das der anderen, mit denen er jahrelang Apéritifs getrunken, Bowlingabende verbracht, deren Frauen er gelegentlich getröstet hatte, ähnlich wie Elvira ihre Liebschaft mit Klingmann aufgewärmt hatte, freilich nur einmal noch, nachdem er sie erobert hatte? Und er sah sie zweimal vor sich: Elvira, die vor ihm gekommen war, am niedrigen Tisch im Wohnzimmer, während er verlegen dazutrat, weil auch zu früh für diesen Diskussionsabend, an dem sie einander zum ersten Mal gesehen hatten. Dann Elvira auf dem Bürgersteig, wo sie sich abwandte, als er im Auto vorbeirollte und schließlich Gas gab, weil sie in diesem Augenblick offenbar nicht gesehen werden wollte, sie, in Tränen oder den Tränen nahe, wie sie ihm später bestätigte, denn sie war aus Klingmanns Studio gekommen, irgendwo unter dem Dach in einer der holperigen Altstadtgassen, und dort hatte sie zum letzten Mal, mehr gedrängt als aus Begierde, Klingmann nachgegeben.

Sei's drum, Eifersucht verbat er sich, pfeifend trat Heller aus dem Badezimmer, und warum hatte er eigentlich diesen Pullover an? Nur darum, weil er hinauswollte, noch einmal um die Häuser und suchte dafür im Schrank nach der ältesten, zeitlos modischen Lederjacke. So tief wollte er seine Beziehung zu Elvira nicht verinnerlichen, dass er nie mehr allein durch die Lokale streifte, von denen er Elvira einige gar nicht erst vorgeführt hatte. Im Automaten fand er seine alte Marke nicht, in zwei Kneipen traf er niemanden an, den er kannte, und blieb deshalb nicht lange am Tresen stehen, er stieß auf einen neuen Rockschuppen, die Leute darin jünger als er, darunter unglaublich hübsche Mädchen, einschüchternd selbstgewiss, sodass er sich nur mit einer Zigarette haltbar fühlte. Drei Scotch dann heizten ihm ein, er schritt dorthin, wo die Sitzpolster zu Ende waren, tanzte sich vom Rand her in das Gewoge hinein, über dem grüne und rote Lichter zuckten und die Gesichter und Körper aus dem Dunkel rissen, um sie in Sekundenschnelle wieder verschwinden zu lassen, ein Rhythmus, der alles Fuchteln und Schlenkern in eine schnelle Serie von Standfotos zerhackte, hinter der ein schwarzer leerer Raum zu vermuten war. Heller fiel hier nicht auf, im Gegenteil, er hielt mit, und rein nichts war ihm peinlich an ihm selber, auch nicht, dass er laut in den Refrain einstimmte und in den nächsten Song hineinschrie, den der Diskjockey aus professioneller Ungeduld in den anderen geschnitten hatte.

In der Toilette band der schweißnasse Heller den Pullover um die Hüften und noch nicht ganz draußen fragte er sich, was er hier bloß verloren hatte, wie weit es mit ihm gekommen war, wenn er ausgerechnet hier etwas suchte, wo auf der Tanzfläche mehr gearbeitet als geflirtet wurde und wo mit schier tödlichem Ernst die nächtlichen Existenzen durchgespielt wurden, während die kleinen Portionen, die Pillen und die Pieces herumgingen. Ein Fremder in der Nacht, das war nicht sein Stil, außerdem fror er draußen, und wozu hatte er diesen Wulst um die Hüften, wenn die Kälte ihm den Schweiß unter dem Hemd erkalten ließ? Ob Schwund oder Schick, im Gehen zog er die Lederjacke aus und den Pullover über und warm genug gekleidet, schlenderte er zurück zur Ecke, wo er die restlichen, ihm zu starken Zigaretten in den Abfallkorb geworfen hatte, ein aufreizend gelbes Ding aus Plastik, und kaum hielt er das Feuerzeug hinein, begann der Kram darin zu qualmen. Schnell züngelten Flammen hoch, Hellers Augen tränten, doch behielt Heller sie offen, er wollte diese Bilder haben, den gelben Rand, wie er sich in der Hitze langsam einrollte, bis das ganze Plastik sich verzog, und erst dann machte Heller sich davon, ehe die Streife da war, die sicher irgendein schlafloser Rentner hinter irgendeiner Gardine alarmiert hatte.

Auf dem Weg zum Bahnhof kam er an dem Haus vorbei, in dem er wohnte, er guckte auf die Uhr, wahrscheinlich schloss man jetzt sogar den Wartesaal ab, da war es besser, sich in die Falle zu hauen und aufzutanken für morgen, auch wenn er spürte, wie nahe er dran war am Leben, das er leben wollte, dran am Dasein eines Künstlers, den sein Werk ernährte, also freitags Hering, ungebunden und unbekannt, ungebärdig und frei wie ein brennender Abfallkorb in der Nacht, eine Neuauflage aus früheren Tagen, als er und die anderen dafür noch keinen ästhetischen Sinn hatten, nur Spaß an der Show. Darüber lächelte er noch im Bett, müde wie lange nicht mehr und deshalb widerstandslos gegen das eigene Gekichere, das Elvira nicht hören konnte, er jedoch hörte von fern die Glocken der katholischen Kirche um fünf Uhr, er hörte sie um sechs, als fahles Licht in das Zimmer sickerte, und nach dem letzten Schlag um sieben fragte er sich, ob dies das Alter sei, senile Bettflucht oder was, und er richtete sich wie gerädert auf. Nicht kokettieren, Heller, mit einem Alter, das dir noch bevorsteht!

3

Am Kaffeetisch blätterte er im Terminkalender, im Büro war er froh, Skizzen auf dem Zeichentisch vorzufinden, seltsam unernste Einfälle, die er nicht gebrauchen konnte, zu kess und direkt anzüglich für eine Bettenfirma, wer immer neben Ihnen liegt, Sie liegen richtig. Mittags im Boccalino schlug das Gespräch keine Funken, zwei, drei Mal schien ihm, dass Imfeld etwas in seinem Gesicht suchte und nicht fand, Heller fiel zu diesem Blick keine unverfängliche Frage ein, das Misstrauen wuchs, und Heller durchbrach es nicht. Es gab da etwas, das man nach all den

Jahren von ihm nicht mehr verlangen konnte, obgleich er spürte, wie das Gespräch sich in immer weiteren Runden von seinem Zentrum entfernte. Imfeld zog seinen Auftrag in Zweifel, kürzte ihn, zuerst spart man bei den Inseraten ein, das brauchte ihm ein Imfeld nicht beizubringen, der nacheinander ein Do-it-Yourself-Center, ein Terrassencafé und einen Autosalon geleitet hatte, ehe er in die Betten eingestiegen war, wie er sagte, ohne die Schuhbändel zu lösen. Die Niederlage durch einen, der im Anzug wirkte, als habe er die Ärmel unter dem Jackett hochgekrempelt, schnürte Heller am Nachmittag die Brust ein. Zum ersten Mal dachte er an so etwas wie Herzschmerzen, erinnerte sich an die Angina pectoris seines Vaters, an dessen Worte vom eisernen Ring, der sich ihm um den Brustkorb zusammengezogen hatte. Irgendetwas sog Heller die Arbeitslust aus dem Körper, alles fühlte sich trocken und geschrumpft an, und er hörte früher auf als sonst.

Flach atmend stieg er das Treppenhaus hinauf, die Beklemmung wich auch nicht in seiner Leseecke, einer recht bescheidenen Nische, wenn er bedachte, was einige seiner Kollegen erreicht hatten, einer von ihnen war sogar Mitglied der Mainzer Akademie geworden und lauschte dort fachübergreifenden Vorträgen. Unerbittlich türme ich seit Stunden die Bedenken gegen meinen Lebensplan auf, sagte Heller zu Elvira am Telefon und ließ sich von keinem ihrer Vorschläge einnehmen, wurde störrisch, und als sie von einer Midlifecrisis redete, fragte er gehässig nach, ob dies das Thema des letzten »Spiegel« gewesen sei. Und er war damit einverstanden, wie es war, nachdem sie verstimmt aufgelegt und, was neu war, nicht noch einmal angerufen hatte.

Heller stöberte in seinen Büchern, seinen Kunst- und Fotobänden, im Lauf der Jahre hatte er sie immer zufälliger gekauft oder von irgendwoher bekommen, ohne sie sich gewünscht zu haben. Seine Geburtstage hätte er am liebsten schon deshalb verheimlicht, weil all die unerbetenen Bücher und Schallplatten und Compact Discs ihn wie ungeladene Gäste umlagerten, die er nicht eine Wohnungstür weiterschicken konnte. Wonach suchte er überhaupt? Was er anlas, klang fade, selbst die Essays da waren auf einmal nichts als Versuche ihres Autors, gegen die eigene Eitelkeit, die ihm doch die Feder in die Hand gedrückt hatte, anzuschreiben und Aufrichtigkeit vorzuspielen. Und diesem Ausbund an lebenskluger Bescheidenheit hatte Heller sich vor Jahren als Weggefährten anvertraut!

So blieb Heller sitzen, das Buch auf dem Schenkel, bis das Knacken der Heizung ihn aufmerken ließ. Vom Halbschlaf leidlich erfrischt, spürte er die Kälte, die ihm die Beine hochkroch, er goss sich einen Metaxa ein und um einer Erkältung vorzubeugen, zog er den Pullover da über, dessen Farbe er heller in Erinnerung hatte, und fluchte los, weil keine Schwarzen mehr da waren, nur Filter irgendeines Besuchers. Ob er wollte oder nicht, er musste noch einmal hinaus, und genau das wollte er, hinaus in die Nacht, auch wenn er sich wenig davon versprach, o Mann, er konnte unmöglich hier wohnen bleiben, hier war nichts geboten, sogar die breite Eingangstreppe hinab in den Schwabinger Jazzkeller mit seinem hohen, in höllischem Rot gestrichenen Gewölbe hatten sie mit einer Bretterwand vernagelt, und vor einer Woche hatte noch kein Arsch davon was gewusst oder was war los?

Etwas lief falsch in letzter Zeit, auch mit ihm, doch sobald er meinte, vom Weg abgekommen zu sein, entdeckte er wieder eine ihm bekannte Ecke, eine Fassade, ein altes Haustor. Der Gitarrenladen war weg, die Drogerie musste praktisch über Nacht einem Großmarkt für Hygienika gewichen sein, die Papeterie war an einen türkischen Lebensmittelladen abgetreten worden, die vielen Autos, geparkt am Straßenrand, waren ihm bisher nie aufgefallen, und das konnte eigentlich nicht damit zusammenhängen, dass er sich für Autos nie wirklich interessiert hatte, auch nicht damit, dass in der Nähe eine Großveranstaltung tobte mit Tausenden von Angereisten, die ihre Autos bis weit in dieses abgestorbene Viertel hinein abgestellt hatten.

Wenn hier um diese Zeit noch etwas los war, dann beim Bahnhof, halb so anziehend wie jeder Hafen an jedem Meer, wo noch lange nach Mitternacht lose Trupps von Matrosen umherstreunten, Frauen mit hochhackigen Schuhen am Arm, Nutten, die verlockend auflachten, und wer vorbeiging, straffte sich, weil er sie schon gewonnen hatte, in Tampico oder Shanghai, San Francisco und Madagaskar, an all diesen herrlich wilden jenseitigen Plätzen, die nach Ingwer und Anis rochen, nach Zimt, Schnaps und Tabak. Und hier stapfte Heller durch eine tote Gegend, durchmaß den Gang aus dem Licht, das die Straßenlampen in die Dunkelheit schnitten, bis sie eine hell ausgeleuchtete Schneise zwischen die Häuser schlugen und er auf den Bahnhofsvorplatz hinaustrat, der sich völlig geleert hatte, als die letzte Straßenbahn abgefahren war.

In Heller stieg Verdruss auf, den er sich und seinem Alter schuldig war, eine Verachtung auch für die Provinz, er ließ die Absätze seiner Schuhe auf den Stein knallen, durchquerte die Bahnhofshalle, wo die Geländer einer Rolltreppe nach unten den langen schmalen Kasten mit den Fahrplänen ersetzt hatten und wo drei schmuddelige Männer, denen er sich auch körperlich überlegen fühlte, sich am Bierautomaten zu schaffen machten. Sie redeten aufeinander und auf den Automaten ein, erst mit gedämpften Stimmen, wie eingeschüchtert von der hohen Halle, dann mit lauten Sprüchen, um sich selber zu beweisen, dass sie noch vorhanden waren.

Sonst war nichts los, auch im Wartesaal nicht, wo sich keine Penner die Nacht um die Ohren schlugen und einander selbsterlebte Geschichten erzählten, die sie vom Hörensagen kannten. Nur ein stark angetrunkener Kerl, auf der Bank neben sich den Karton, aus dem der Flaschenhals sah, grummelte vor sich hin, bis ihm die Kippe von der Unterlippe sackte und hinter seinen linken Absatz rollte, und dort kam er nicht mehr an sie heran, er kriegte den Fuß nicht in die Höhe und nickte über seinen Versuchen, es doch noch zu schaffen, einfach ein. Heller wollte hier bleiben, zumal keine Straßenbahn mehr fuhr, eine Nacht im Wartesaal war einzuschreiben in das Journal seiner existenziellen Experimente, er würde den Schlafenden skizzieren und dazu legte er Jacke und Pullover weg, um ungehindert auszuholen, aber er war nur müde genug, so müde, dass es ihm gerade noch gelang, den Pullover zu einem Kissen zusammenzulegen und die Jacke über der Brust auszubreiten, und danach schlief er mehr als schlecht, von der Umgebung bis hinter die geschlossenen Lider verwirrt, und doch zu wenig wach, um sich vor dem Morgen aufzurichten. Mit einem Blick, als begriffe er nicht, was er sah, musterte er die Reisenden: So wortlos und blass sie auch hinter ihren Zeitungen auf die ersten Züge warteten, es ging dennoch eine große Frische von ihnen aus, an der sich Heller nur zu gern selbst erfrischt hätte.

4

Weil ihm das Blut in die Beine gesackt war, geriet Heller ins Taumeln, während er aus dem Bahnhof strebte, ihn schwindelte, er musste innehalten und starrte auf die Menge, die es kreuz und quer durch die Halle zog. Fahrig tastete er nach dem Taschenbuchständer, um seinen Körper an so etwas wie einen Halt zu erinnern, als ihn jemand am Ärmel zupfte. Ein junger Mann sah ihn aus farblosen Augen unter rötlichen Wimpern an und murmelte ein paar Worte derart undeutlich, dass es wie eine kurze Litanei klang, und bevor Heller ihn bitten konnte, deutlicher zu reden, drückte er Heller den Pullover, seinen im Wartesaal vergessenen Pullover in die Hand. Und Heller, der nie eingestimmt hatte, damals, in die abschätzigen Sprüche über die heutige Jugend und der neuerdings mit ähnlichen Sprüchen über diejenigen herzog, die mitten im harmlosen Treiben in den Fußgängerzonen in Bomberstiefeln daherkamen, wie herausgesprungen aus den Bildern der Vernichtung und des Todes, wie sie die tägliche Leichenschau nach acht Uhr abends bot, dieser mit den Jahren verständig gewordene Heller dankte freundlich und nahm den Pullover, seinen Pullover, an sich.

Anscheinend machten die eigenen Erfahrungen keinen Mut, und irgendwann begriff man, begriff Heller die Moden und Zeichen der Jungen nicht mehr, wurde ratlos und daher vorsichtig, auch rigoroser und mehr noch, man hatte ein Anrecht auf Strenge. Als zeichnete sich jede Lebensepoche durch bestimmte Einsichten aus, in die man jeweils hinüberwechselte, ohne den Übergang selbst wahrzunehmen, und an keiner dieser Einsichten hielt man sein halbes Jahrhundert lang fest. War er nicht mit einem Traumrest im Kopf erwacht, von ersten nächtlichen Touren durch die Bistros und die Künstlerviertel von Paris, der Stadt, von der er sich einmal alle Entdeckungen und Anregungen, den Durchbruch selbst versprochen, ohne dass er es je länger als ein paar Tage dort ausgehalten hatte mit seinem schlechten Französisch und seinem bisschen Bargeld?

Später war es Berlin gewesen, ein Atelier in Kreuzberg, noch bevor sich die ewigen Anfänger in ausgedienten Fabriketagen festsetzten. Doch hatte Heller damals schon versucht, das Büro hier in Mannheims Quadraten zu kriegen, und das war kein leichterer Anfang gewesen als das Warten auf Anerkennung im dritten Hinterhaus einer verkommenen preußischen Mietskaserne. Immerhin war er auf keine Galerie und keinen Sammler angewiesen, er wusste, dass er ohne sie weniger Bilder malen würde, doch hatte er lange geglaubt, sie würden so gut werden, dass es auch weniger sein durften. In Wahrheit aber hatte er sich in einen ihm gemäßen Rückzug vor den Genien der Kunstgeschichte geschickt und sich eingestanden, dass aus seinen Bildern, so sehr er an ihnen arbeitete, nicht diejenigen wurden, die ihm einmal vorgeschwebt waren.

Um vor sich selbst zu rechtfertigen, warum er hier stand, auch als das Schwindelgefühl vorbei war, drehte Heller am Ständer mit den Büchern, von denen die meisten auffallend bunt waren und so nur zusammen auffielen, und dann stieß er doch auf ein Buch, eins dieser neueren, die als Taschenbücher zwei Jahre nach Erscheinen noch einmal kurz aus dem Vergessen hervorprangten und die er gelegentlich in die Hand nahm, um sich zu vergewissern, wie wenig die jungen, keck und selbstverliebt auftrumpfenden Dichter ihm zu sagen hatten. Sie könnten seine Kinder sein und waren es nicht, und Papi weint nicht auf dem Klo, und wo Elvira und er sich vor eigenen Kindern buchstäblich gehütet hatten, zog er sich an der Schlichtheit dieses Satzes aus dem Sumpf seines Selbstverdrusses und zwängte das Buch zurück.

Den Pullover würde er brauchen, auch wenn ihm dieses düstere Braun nicht lag, hier im Bahnhof holte immer mal jemand ein Kleidungsstück aus dem City-Sack, um sich wärmer anzuziehen, und also zog er flott den Pullover über, kicherte über die Jacke, die ihm viel zu weit war, und wieder draußen auf dem Vorplatz genierte er sich darin, obwohl er in dieser Gegend kaum von jemandem gesichtet werden konnte, der ihn kannte. Mama hatte eben doch nicht recht gehabt, so kalt war es gar nicht, und die anderen würden sich schlapp lachen über diese Jacke, Rolli würde ihm einen Job auf dem Acker anbieten, Vögel verscheuchen und so, und da war es besser, durch die Kaufhäuser zu streunen, mit der Jacke um die Schultern die Rolltreppen hinauf und herunter zu fahren, das war das neueste Ding, niemand von ihnen hatte noch vor ein paar Wochen geglaubt, dass es Treppen geben könnte, auf denen man stehend das nächste Stockwerk enterte.

Und so schwebte Heller hinauf in ganz neue Dekorationen, in Musik und Werbeansagen, als glitte er in seine Zukunft hinauf, und oben, bei den Spielwaren, gingen ihm die Augen über: ein Roboter fast so groß wie er! Raketenautos mit Fernsteuerung! Und die kleinen schweren, wie echte Autos satt lackierten Flitzer aus Metall! Das war was, und diesen da musste er haben, er tastete nach dem Gewicht in der Jacke, stieß auf die Brieftasche, die irgendwie seine sein musste, blätterte zitternd in den Scheinen darin, kaufte einen roten Ferrari und einen schwarzen Porsche, das weite Zeug hatte seine Vorteile, er kriegte alles darin unter und musste nichts in der Hand nach Hause tragen, ungewiss, ob er nicht doch in einem Traum war und nach dem Erwachen neben dem Bett nichts mehr von seinen Schätzen vorfinden würde, zumal er an der Tür nur auf seinen Vor- und Zunamen stieß, als wäre er schon erwachsen und lebte allein. Es war doch seine Jacke, die Jacke, gegen die er sich vor seiner Mutter gewehrt hatte, und er tastete nach dem Ausweis, starrte auf das Foto, vor dem er eine Nähe spürte, beklemmend wie schweres Parfüm. Er entdeckte das Kärtchen mit seinem Namen über dem Eintrag Werbegrafik, sah sich in der überheizten Wohnung um, an der ihm doch alles, aber auch alles, vertraut vorkam, alles war so wie immer und doch nicht seins, oder alles hier war seins, und doch nicht so wie immer. Raus aus dieser Wohnung? Er wollte es und konnte es nicht, noch mehr hatte er Angst vor dem, was ihm draußen noch zustoßen könnte, er legte die Jacke aus der Hand, der Pullover rutschte ihm wie von selbst über den Kopf, und Heller war unendlich erleichtert, in den eigenen vier Wänden zu stehen, wenngleich müde und wie zerschlagen, gerade so als habe er letzte Nacht nur ein paar Stunden im Sitzen geschlafen, und er musste sich erst einmal setzen.

5

In diesem Leben würde er nicht mehr ordentlich werden, hierin hatte Elvira recht, ihm waren die alltäglichen Dinge stets gleichgültig gewesen, und das war ein Grund mehr dafür, dass sie ihre Wohnungen nie zusammengelegt hatten. Er hätte jetzt lange nachdenken müssen, wo der Pullover da auf dem Boden herkam, das Material fühlte sich ausgetrocknet an, wie geröstet, und sein Schwarz schimmerte wie das Gefieder einer Krähe. An Vernissagen hatte es Heller immer belustigt, wie ähnlich herausgeputzt all die besonderen Einzelnen dort auftraten, wie ausgerechnet sie, die Künstler, ihre Freunde, Frauen und andere körperbetonte Geister, die für das lebensbejahende Element in fast allen Gesellschaften einstanden, dieses finstere Schwarz bevorzugten. Als kehrte sich hier die Schattenseite ihrer seelenzehrenden Arbeit, mit der sich Heller nie hatte abfinden wollen, nach außen. Lange Jahre war ihm die Kunst Ausdruck eines Lebensüberschusses gewesen und Ausformung einer je eigenen Wahrheit, die sich dem allgemeinen Verblendungszusammenhang entgegenstellte, ein widerständiger Konformismus oder ein bloß noch konventioneller Widerstand oder endlich Altersgedanken von einem, der den letzten, eigentlichen Schritt nur halbherzig getan und lange zwar selbstständig, aber meistens angewandt und im Auftrag gearbeitet hatte. Heute fühlte Heller sich reif genug, auch in der Kunst ein Machtstreben wahrzunehmen, das er für die Politiker von vornherein angelegt hielt und wofür er die meisten von ihnen verachtete. Es gab den komplizenhaften Anteil, den die Kunst an der Verrottung des Geschmacks in den Museen und Galerien, den Konzert- und Lesesälen mittrug, weil längst die Künstler selbst, nicht bloß die Scharlatane unter ihnen, auch die erbetenen Aufmischer der Talkshows, am Grauen und Entsetzen eine faulige Quelle ihrer Provokationen und Genüsse hatten. In diesen Kreisen es zu nichts gebracht zu haben, das war am Ende gar sein Lebensverdienst, sein unkorrumpiertes Fazit.

Heller stopfte den Pullover in den Sack, den er nach und nach für die nächste Kleidersammlung füllte, und schon das Bücken erschöpfte ihn. Er richtete sich nur langsam auf, mit rundem Rücken, aus Angst, der alte Schmerz könnte sich melden und ihm die Nacht zur Hölle machen. Wieder im Sessel fiel sein Blick auf zwei Spielzeugautos, rot und schwarz, und er legte den Kopf zurück und schloss die Augen. Eine ferne Episode schien in seinem Gedächtnis emporzutauchen, doch bekam er sie nicht zu fassen, nur das angstverzerrte Gesicht im Würgegriff des stämmigen Polizisten stand ihm vor Augen. Den Blick dieses Jungen hatte er eines Tages auf der Straße eingefangen und offenbar immer für sich bewahrt, einen panisch ausweglosen Blick wie aus einer anderen Welt, in der alles entschieden war, auf seine, ihm, Heller, leidlich bekannte Welt.

Und was war aus den Zwiegesprächen mit Elvira geworden, in denen keiner dienen, keiner herrschen wollte? Hatte er sich wirklich immer nach Städten gesehnt, nach erleuchteten Restaurants und Ateliers und Boulevards, über die die Menge dahinschob wie ein großer summender Körper aus atmenden, scheinbar nicht verbundenen Einzelnen? Aber nein, Heller war rechtzeitig darauf bedacht gewesen, in einer Stadt zu leben, die ihm überschaubar blieb, in der er sich nicht unter Millionen verlor und in der Elvira sich so wohl und daheim gefühlt hatte, dass er vor ihr den Fernwehsüchtigen spielen konnte, ohne zu befürchten, sie könnte ihn beim Wort nehmen und das Geheimnis seines Lebens enträtseln, seines feigen Lebens, in dem er sich, nein, in dem ihm lange wonach verlangt hatte? Nach einer anderen, nach der einen Frau, die ihm alles begreifbar gemacht hätte …

Besaß ein alter Kerl wie er überhaupt ein tieferes Geheimnis als der Junge, der er einmal gewesen sein musste und mit dem er sich nur noch vage durch ein letztes Angedenken in eins fühlte? Ein Junge, von dem er nicht mehr wusste, wie er auf andere gewirkt und wie er sich zwischen ihnen in die arg vergangene Welt um sie herum gestellt hatte? Heller kannte sich nun, jedenfalls überschätzte er sich nicht mehr. Seine Erwartungen waren nur die vom Brennglas der Jugend abenteuerlich vergrößerten Welten gewesen, deren Lebensangebote sich lange vor das ferne, eigentliche Ziel gerückt hatten, die mäßig bedrohte Ruhe hier im Sessel. Vielleicht war er diesem Ziel viel früher nahegekommen, als er hatte wahrhaben wollen, und es war einzig noch die Anzahl der Runden offen, die zurückzulegen ihm blieben, ehe er aus dem Rennen genommen wurde.

6

Das Klingeln schreckte ihn auf und Heller sah sich um, aber bis er das Telefon auf dem Fenstersims entdeckt hatte, war es verstummt, und das beunruhigte ihn nicht. Wer mit ihm reden wollte, würde es wieder versuchen, schon aus Angst um den alten alleinstehenden Mann, dem jeden Tag in seinen vier Wänden etwas zustoßen konnte, während jetzt etwas in ihm auflachte, ein leise gurgelndes Lachen, das er selbst kaum hörte. Er wollte sich nach einem der beiden Autos bücken: ein Werbegeschenk, ein besonders aufdringliches, ein Scherz von Freunden zum Geburtstag, aber von welchen? Eine Fehllieferung der Post, die er versehentlich geöffnet hatte? Was soll's, momentan war ihm das Zeug zu tief unten, und er stieß mit dem Fuß nach dem nächstbesten Stück und schlurfte ins Bad. Hast du Glück gehabt, mein Alter?, fragte er sich im Spiegel, und das eingefallene, von trüben Falten unterteilte Gesicht gab ihm die Frage im selben Atemzug zurück. Wie viele um ihn her waren alt genug geworden, um diesen Satz so langsam und bedächtig bis zum Fragezeichen zu denken? Fast keiner? Die Meisten? Wenige! Mit einem leichten Erschauern wandte er sich zurück zur Küche, er wankte unterwegs und stützte sich kurz am Türrahmen ab, er war schon einmal gestürzt, irgendwann vor Wochen hatte er sich im blutverschmierten Hemd auf dem Boden wiedergefunden.

Im Kühlschrank entdeckte er eine Flasche Weißen, er suchte nach dem Jahrgang, das silbergraue Etikett verschwamm ihm vor den Augen, es musste lange her sein, dass ihm jemand diese Flasche mitgebracht hatte. Aber wer? Brot fand Heller kein frisches, nur Knäckebrot, auch recht, auf früheren Expeditionen hatte er schon schlechter gegessen, immerhin konnte er die Büchse Thunfisch öffnen, ohne sich zu schneiden. Ein paar Tropfen würden ihm den Zitronensaft ersetzen, und als er von dem Wein kostete, schmeckte er erstaunlich leicht und spritzig, doch beschränkte sich Heller auf zwei drei Schlucke, die ihm nicht den Kreislauf durcheinanderbrachten. Er kaute langsam, das Essen war herrlich, im Paradies konnte er es nicht besser haben, jedenfalls nicht, solange er aß. Im Grunde hatte er immer einfach gelebt, wie sein Vater, an den er wieder dachte, seit er dessen Alter erreicht hatte. Das Einfache, das Rohe, das Gekochte und – das Wilde. Wieder lachte etwas in Heller auf, leise und gurgelnd wie vorhin, und er schaffte es schmerzfrei bis zum Sessel, ließ sich absacken und rutschte tief hinein.

Dann klingelte es Sturm, sein Herz wollte platzen, als er hochfuhr, er spürte die hart und dunkel pochende Trommel unter den Rippen und verstand endlich, dass es die Klingel an der Wohnungstür war. Aus der Ferne hörte er einen Schlüssel knirschen, er hörte die Stimme einer Frau, den alles aufreißenden lebhaften Tonfall, sein Puls begann zu rasen, und schwere Wellen rollten ihm die Brust hinauf. Ich wollte mich nicht einschleichen, wo du so schreckhaft bist, rief die Stimme, und sie war glockenhell, selbst mit diesem ironischen Unterton. Soso, murmelte Heller, die Familie wächst. Wollte Gott, dass ihm eine anziehende Geste gelänge, irgendein charmantes Zeichen. Das Klacken der Schritte im Flur brach ab, es war ja bloß ein kurzer Flur, und als Heller sie dort stehen sah, sie, die gekommen war, um ihn abzuholen, hob er den Arm in einer Gebärde, von der er nicht mehr erfuhr, ob sie einladend war oder abweisend.

Aus der Mitte von Irgendwo

Gestern habe ich mich in die Kaschemme gewagt, an der ich schon ein paar Mal vorbeigegangen bin und die mir deshalb aufgefallen ist, weil ihr Inneres selbst bei strahlendem Sonnenschein in ein schwärendes Dunkel getaucht bleibt. Die Männer und wenigen Frauen am Tresen schienen durch die Scheibe allesamt von schwarzer Hautfarbe zu sein, ein Eindruck, der sich mir, kaum hatte ich die Tür aufgestoßen, nicht bestätigte. Die Kaschemme ist so düster wegen der braun getönten Fensterfront, und hinten gibt es überhaupt nichts, was Licht einlässt. Entweder spart der Wirt an Strom, der mit der Inflation teurer geworden ist, oder er kommt seinen Stammkunden entgegen, die nicht alles so genau sehen wollen. In dem Raum saß nur eine Handvoll verstreuter Gäste an den etwas schäbigen Tischen, Männer wie Frauen ziemlich vereinzelt vor Biergläsern. Auf einiges gefasst, war ich nur leicht verwundert, dass bald ein älterer, durch seine sorgsame Kleidung hier auffallender Mann so nachdrücklich fragte, ob er sich zu mir an den Tisch setzen dürfe, als habe er auf mich und auf keinen andern gewartet. Dieser Mann in seinem dunklen, ziemlich abgetragenen Anzug samt einer schwarzen, von Nahem speckigen Halsschleife begann gleich mit erstaunlich wohlgesetzten Worten, wie sie manch geübten Trinker auszeichnen, von einem seltsamen Friedhof weit außerhalb der Stadt zu reden, einem Friedhof, der allein mit Höckergräbern belegt sei, und zwar so flachen Höckergräbern, dass die Köpfe, zunächst noch mit nachwachsenden Haaren, bis zum Hals aus der Erde ragten.

Ich entschied mich, erst einmal die Stirn zu runzeln und schlicht nachzufragen.

»Weit außerhalb der Stadt? Wie weit?«

»Sehr weit. Jenseits der Grenze.«

»Und Sie reisen viel herum?«

»Nicht nötig.«

Nach dem Willen der Verwaltung soll dort jedem und jeder die Gelegenheit zu einer letzten Rede erhalten bleiben für den Fall, dass sich in diesem Heer unzureichend Beerdigter jemand regen sollte, in dem doch noch ein Funke Leben stecke und der oder die auf der Schwelle zum

Jenseits uns Diesseitigen vielleicht Unerhörtes enthüllen könnte.

»Aber eben aus diesem Grund«, raunte der Mann, »will niemand diesen Friedhof betreten. Unheimliche Geschichten spuken unter den Leichenbestattern herum, die sowieso davon überzeugt sind, dass auf allen Friedhöfen der Welt, wo man die Leichen nicht verbrennt, etwelche Scheintote in der Erde versenkt wurden und werden. Das bezeuge dann bei der Aufhebung von Gräbern das eine und andere krumm und verquer liegende, die knochigen Finger nicht mehr zur letzten Ruhe verschränkende Skelett.«

Wo andere die Brieftasche stecken haben, dort holte der Mann einen silbernen Flachmann aus seinem schwarzen Jackett hervor und bewies doppelten Geschmack, indem er ihn sorgsam aufschraubte und den farblosen Schnaps zu seinem Bier ins Glas goss, und ich schaute kurz zum Wirt hinüber, der hinter dem Tresen mit seinem Handy beschäftigt war.

»Diese schaufelnden, etwas schaurigen Gesellen, die sich im Wirtshaus oft abgesondert am eigenen Tisch versammeln, sind nicht täglich zwischen jenen Höckergräbern zugange, denn nicht jeden Tag fährt dort der Leichenwagen vor, und außerdem wollen sie mit keinem Überwachungsdienst verwechselt werden. Ihren Geschichten zufolge haben tatsächlich einzelne, nur vermeintlich Tote oder gar aus dem Jenseits Zurückgekehrte, ob sie nun eine Rede gehalten oder eher um Hilfe geschrien haben, sich wieder auszugraben versucht, bevor sie, dem Wahnsinn nahe, von ihren Kräften verlassen wurden und endgültig aufgaben. Eine angehobene Schulter, eine Hand, ein halber, aus dem Erdreich ragender, endgültig erstarrter Arm sollen davon zeugen.«

Hier zog der Mann die Schulter an und hob die Hand und leerte sein Glas mit hochprozentigem Bier bis auf den Grund.

»Aber für einen Überwachungsdienst, der schichtweise Tag und Nacht auf diesem Gelände seine Runden geht, haben sich bisher nur wenige und kaum Vertrauen erweckende Personen gemeldet. Zudem soll die Verwaltung, die den Gerüchten aus dem Winkel der Leichenbestatter traditionell misstraut, nicht dazu bereit sein, diese anspruchsvolle, Nervenkraft und Feinfühligkeit erfordernde Arbeit angemessen zu bezahlen, gleichsam mit einem Lohn der Angst.«

Der Mann erzählte alles ohne jeden Anflug von Schalk in Stimme und Augen, vielmehr mit einer Dringlichkeit, als müsste ich mich, der ich doch ein Einheimischer, vielleicht sogar so etwas wie ein Schriftsteller sei, mit diesem Friedhof unbedingt näher beschäftigen.

Waren es die breite Stirn, die dunklen, halb über die Ohren gewellten Haare, der genauso dunkle Schnauzbart, weswegen mir schien, ich hätte den Mann schon irgendwo gesehen?

»Der eigentliche Grund für diese Begräbnissitte«, sagte er mit sorgfältig bedachtem Tonfall, »ist und bleibt doch die Rede, sind und bleiben die letzten Worte, gesprochen im Angesicht des Jenseits, womöglich schon in einer jenseitigen, uns nicht mehr verständlichen Sprache aus dem Reich der Toten.«

Sah ich von seinem durchdringenden und trotzdem flackernden Blick ab, so wirkte der Mann derart sachkundig und hineinverstrickt in das, wovon er erzählte, dass ich in ihm, hätte er mir über die diesjährige Ausstellung im Autosalon von Genf berichtet, leicht einen aus dem Dienst ausgeschiedenen Techniker oder Ingenieur hätte vermuten können. Unter ihnen mag es ja absonderliche Entdecker und verschrobene Erfinder geben, in deren Weltbild aufgenommen zu werden, man sich lieber nicht wünscht. Auch wenn der Mann weiterhin kein Anzeichen einer Geisteskrankheit erkennen ließ, konnte ich ihn mit solchen Ausführungen nicht für voll nehmen, aber nüchterne, sich Wissenschaft und Technik verdankende Skepsis war über das Stichwort Autosalon auf mich übergegangen, und ich bohrte nach. Wozu ein solches Podium für eine über alle Maßen aufschlussreiche, letzte Fragen berührende, gar klärende Rede derart tief eingraben? Noch dazu dort, wo keine resoluten Vorkehrungen getroffen waren, damit im richtigen Moment und nicht höchstens zufällig ein Ohrenzeuge zugegen wäre?

Auch dass der Gast den Namen jenes Orts in einer fernen Grenzregion für sich behielt und jeden Hinweis mied, ob und wie sich diese Schädelstätte mit öffentlichen oder privaten Verkehrsmitteln erreichen ließe, schürte meine Zweifel. Obwohl er meine Neugier darauf wecken wollte, dürfte er diesen ausgefallenen Gottesacker weder jemals gesehen noch die geringste Vorstellung vom Weg dorthin vor Augen haben. Und dass die Anwohner die Schädelstätte selbst bei hellstem Sonnenschein nicht aufsuchten, war genauso wenig glaubwürdig wie der Umstand, dass trotz vieler Mitwisser keinerlei Gerüchte darüber in die Medien, die seriösen wie die sozialen, eingedrungen sind und jede Menge Gruseltouristen angelockt haben. Selbst wenn die Mutigsten unter den Anwohnern eines Nachts oder Morgens mit verwirrten Sinnen wieder aus dem Friedhofstor getreten wären und die Leichenbestatter ohnehin dieser Zone am Rande des Jenseits angehören: Je weiter davon entfernt, desto mehr Verwegene hätten, aufgestachelt von verschwörerischem Gemurmel, die Reise gewagt, hätten bestens ausgerüstet und hartnäckig genug ihr Ziel erreicht und Zeugen einer solchen Rede vom Rand des Jenseits werden müssen. Und was einem einzigen Menschen gelungen ist, ahmen andere nach. Sie bauen es aus, entwickeln es fort, zumal nicht alle sorgsam mit der Wahrheit umgehen, und so hätte man längst eine Sammlung letzter Reden erstellt und damit weltweites Aufsehen erregt, und längst hätten sich Sprachwissenschaftler jeglicher Couleur über alle Grenzen hinweg an der Dechiffrierung versucht.

Seien solche Reisen dorthin schon immer schwer zu machen gewesen, sagte der Mann, als hätte er meine Gedanken mitgelesen, so sind sämtliche möglichen Zugangsstraßen seit Monaten den Angriffen mit Jagdbombern oder Drohnen ausgesetzt und praktisch abgeschnitten von friedlichen Regionen. Das forderte mich zu der Bemerkung heraus, solche Attacken könnten die Anzahl an Kandidaten für eine letzte Rede oder ein erstes Zeugnis vom Rande des Jenseits nur erhöhen. Der Mann nahm meinen wie zynisch hingeworfenen Einwurf so unwirsch auf, als hätte ich einen dreckigen Witz gemacht, und immerhin darin musste ich ihm Recht geben und fühlte mich, als wäre ich in eine Falle getappt.

»Von Kriegen berichten seit je nur diejenigen, die sie überlebt haben«, sagte er, »die anderen bleiben draußen im Gelände und werden dort verscharrt, oder wenn man sie zurückbringt, dann nicht in Särgen aus Holz, sondern höchstens aus Pappe, wenn nicht in zähen dehnbaren Plastikhüllen.«

Wo keine Beweise vorliegen, lassen sich auch keine Gegenbeweise erstellen. Endgültig in die Defensive gedrängt, wich ich aus.

»Darf ich Sie nach Ihrem Namen fragen?«

»Sie dürfen, nur entsteht Ihnen damit kein Anspruch auf eine Antwort.«

»Volle Zustimmung. Wollen Sie mir wenigstens sagen, woher Sie kommen? Sie reden nicht den Dialekt von hier.«

»Woher ich komme? Woher ich komme?«

Der Mann sah mir tief in die Augen und dass ich seinem Blick standhielt, machte mich fast zu seinem Komplizen.

»Ja, woher Sie kommen.«

»Ich rede nicht den Dialekt von hier und nicht den Dialekt von dort.«

»Und wo geht es jetzt hin?«

»In die Mitte von Irgendwo.«

Im Aufstehen raunte der Mann, er verrate mir noch ein Letztes, und hätte mir mitten auf die Stirn getippt, wäre ich nicht flugs zurückgewichen. Tatsächlich soll es verwegene Typen geben, keine Forscher oder Sensationsgierige, nein, astreine Abenteurer, gewieft im Umgang mit den neuesten technischen Geräten, die den mannigfachen Gefahren dort zum Trotz bis zu diesem Friedhof vorgedrungen seien.

»Also doch.«

»Jetzt glauben Sie mir.«

Der Mann beugte sich noch einmal zu mir herab, und ich blickte kurz hinüber zum Wirt und seinem Handy. Diesen Kerlen, sagte der Mann nun leise, dafür umso deutlicher, soll es gelungen sein, Geräusche aufzunehmen, absolut bizarre Geräusche, anscheinend aber aus menschlichen Mündern. Schwarze Pressungen oder Bootlegs sollen unter den Ladentischen okkulter Medienläden herumgehen oder besser herumgeistern, und aus dem hintersten Winkel des Internet, dem sogenannten Darknet, habe er aus dieser digitalen Wildnis eine einzige Disc zu einem jenseitigen Preis ausgelöst. Zuerst habe er gedacht, er sei an einen ehrlosen Betrüger geraten, denn er konnte ihr nicht einen einzigen Ton entlocken, aber er habe sich korrigieren müssen: nicht einen dem menschlichen Ohr vernehmbaren.

Der Mann kramte eine lederne Hundeleine samt Halsband aus der seitlichen Tasche seines Jacketts und legte sie wie zum Beweis neben mein Bierglas, etwas unappetitlich, aber um sie beiseite zu schieben, hätte ich sie anfassen müssen. Seinem treuen, ihm zu Füßen liegenden Hund, sagte der Mann, seinem stolzen rabenschwarzen Königspudel, habe sich, während die CD stumm fort und fort lief, auf einmal das Fell gesträubt und er sei knurrend und bellend hochgeschreckt!

Und zum Abschied, der Tür schon zugewandt, setzte der Mann hinzu, was dann alle in der Kaschemme, die ihren Kopf noch aus den eigenen Gedanken heben konnten, hörten, der Hund habe sich nicht einmal dadurch beruhigen lassen, dass er mit ihm vorzeitig den Gang auf die Gasse angetreten habe, nein, nein, nein, dort sei das Tier, sein so liebenswertes Geschöpf, ein einziges Bündel aus Angst und am ganzen Leib zitternd, nach wenigen Metern tot in sich zusammengesackt.

Herumgekommen

In diesem Jahrhundert haben die Ströme von Flüchtlingen an Zahl und Länge derart zugenommen, dass sie vom Mond aus neben dem einzig sichtbaren menschlichen Bauwerk, der chinesischen Mauer, mit bloßem Auge erkennbar sind, dunkle Ströme, die über den blauen Planeten ziehen, vom vorderen und hinteren Asien nach Westen, von Afrika und Südamerika zur nördlichen Halbkugel hinauf, und die dabei, den Marskanälen ähnlich, wandernde Linien bilden, Flecken und Verschattungen. Richteten wir einmal den Blick auf die Region, die von dort oben betrachtet zu unserer engsten Heimat gehört, und gewöhnten wir unsere Augen an die nötige Tiefenschärfe, würden wir die junge Frau entdecken, wie sie von dem schnellen, im Frühling tückisch werdenden Gebirgsbach mitgerissen wird, wir würden nach einem aussichtslosen Kampf, von dessen brutaler Endgültigkeit wir nichts spüren könnten, bald wahrnehmen, wie der steifer werdende Körper in das Land hineingetrieben wird, das mit sonnenbeglänzten Weiden im Sommer, den Lichtermeeren seiner Städte früh abends im Winter und hochstrebenden Bankhäusern zu jeder Jahreszeit seine Besucher willkommen heißt, nur eben nicht sie, die sich kurz vor der Grenze noch immer bewegte wie in dem wilden, verkarsteten Landstrich, dem sie entflohen war.

Darin ähnelt sie dem jungen Mann, versteckt in einer Hütte aus Bruchstein, der erschöpft und ausgehungert vor sich hinstirbt, bis zuletzt in Angst vor den stundenlang über ihm heulenden Flugzeugen, deren Piloten einen anderen Ernstfall probten als das Aufspüren namenloser Fremder. Denn dazu wäre es nicht einmal nötig, den Grenzzaun auszubessern, der an manchen Stellen nur noch mit schiefen angekohlten Pfosten und Resten von verrostetem Maschendraht ein Stück Wald auf einer Tessiner Hügelkette durchtrennt, während der Eishauch auf dem Wasser schmilzt, das sich vor Tagen in der einzigen Reifenspur gesammelt hat. Wer sich dort oben, ohne Landkarte und ohne die paar Hinweisschilder entziffern zu können, durchgeschlagen hat, an glatten, wie verwaschenen Buchenstämmen vorbei, an Birken und kahlen Edelkastanien, zwischen denen hier und dort die Blätter einer Stechpalme aufglänzen, der darf unbehelligt bald diesseits, bald jenseits der Markierungen das Grenzgebiet durchstreifen, gequält von seiner Fremdheit, seiner Unwissenheit, von der ganzen Unvorhersehbarkeit dessen, was kommen wird, sobald er erst auf die Straße hinausgetreten ist, die die laubbedeckten Wege und Pfade aus dem Wald bündelt, und auf das Dorf zuhält, wo er mit seinem schäbigen Matchsack, den viel zu großen Trainingshosen und den Schuhen ohne Schnürsenkel sofort auffällt.

Und selbst wenn er nur an den Kontrollschildern der Autos zu ersehen meint, dass er droben im Wald nicht im Kreis herumgegangen ist, so erkennt er einen Polizisten doch immer, und nach dem ersten Schreck erscheint er ihm dieses Mal als Verheißung, als herbeigesehnte, alle Zuversicht aufrührende Erscheinung, vor der eine mühselige Fahrt an den Rückseiten der Städte entlang endlich zu Ende ist. Stumpfsinnige und gefahrvolle Tage, Abende ohne ein Stück Brot und die vielen Nächte im Freien sind nun doch nicht umsonst gewesen, denn jetzt rückt die Entscheidung heran, das wenigstens vorläufige Ja für ein Bleiben, eine amtliche Auskunft überhaupt. Seine Unkenntnis wird ihn als einen ausweisen, der sich in Not befindet und der zunächst um nichts weiter bittet als um ein Dach über dem Kopf und ein Bett und Schutz vor seinen Feinden.

Und ein Garagendach, darunter kann er dann ausharren, und vor seinen Feinden schützt ihn der Schlüssel, mit dem die Polizisten, die wie immer zu zweit sind, von außen zusperren. Warum auf ein Bett bestehen, wo doch ein paar Decken herumliegen und wo dieser Winter hier zu den mildesten seit Jahren gehört, und weshalb sollte nach einem Dolmetscher geschickt werden, wenn das Grenztor nahe ist, an dem er freilich den Polizisten aus dem Land, das er tagelang durchfahren und gestern erst verlassen hatte, dann am Morgen übergeben wird. Sie bringen ihn nach einer raschen, umstandslosen Fahrt mit dem Zug in die brausende Hauptstadt der Lombardei für eine weitere Nacht in die Sicherheit einer verschlossenen Zelle, er darf schlafen, träumen, sich räkeln, aufschreien im Traum und sich von einer Seite auf die andere wälzen, und er braucht das Papier nicht entziffern zu können, das er am nächsten Morgen auf der Straße in den Händen hält, den Ausweisungsbescheid, wie er am Bahnhof dann von einem Landsmann erfährt.

Doch erfährt er von diesem Landsmann, der es weiß, weil er seit Wochen mit drei Retourstempeln im Pass die Tage in der riesigen Marmorhalle zubringt, noch, dass der Staat hier kein Personal aufbietet, um einen Bescheid wie diesen, mit dem seine Vertreter schnell bei der Hand sind, auch durchzusetzen. Also behält er den Zettel als einziges abgestempeltes Papier, das er hat, verbringt die nächsten Stunden in der Bahnhofshalle, den Matchsack bei Fuß, holt sich Tipps von anderen, an der Grenze Zurückgewiesenen und hier Gestrandeten, grinst sich eins, ohne eine Münze in der Tasche, über die Angebote organisierter Schlepper und schlendert, weil so ein Tag lang ist, mit einem ihm kaum bekannten Landsmann durch die Straßen um den Bahnhof. Er taucht ein in den Strom der Geschäftigen und Zielstrebigen, schlängelt sich zwischen gestauten Autoschlangen hindurch, während er im wilden, fremden, erregenden Lärm der Metropole seine Geschichte erzählt und die Geschichte von der Flucht des anderen hört, an der sicher manches erfunden und manches ausgelassen ist, so wie auch er die eine und die andere Einzelheit übergeht, aus Vorsicht, aber auch aus einem nicht erst auf der Flucht erworbenen Instinkt, aus dem heraus er sich am Abend dann allein auf den Weg macht. In der Dunkelheit streift er an der überhöhten Gleisanlage entlang, wo breite, schwach erleuchtete Verladerampen in den Hang gebaut sind, davor stehen die Lastwagen irgendwelcher Speditionen, ein Fahrer steckt beim Abschied unter der Tür einen Frachtzettel oder so etwas in seine Kutte, und als er ihn nach der Richtung fragen will, bricht über ihm das Getöse eines einfahrenden Zugs in sein nutzloses Gestammel ein.

Im Weitergehen erscheint ihm hinter einer dicken zerkratzten Plane aus Plastik die Pracht mannshoch getürmter Konservendosen und Nudelpackungen, langer Reihen von hellen und dunklen Flaschen, auch Schinken lagern dort, Getränkekisten stapeln sich, und manches bunte Unbestimmbare glänzt dazwischen hervor. Der Boden des Trottoirs ist aufgerissen und holperig, parkende Autos drängen ihn auf die Straße ab, in einem plötzlich weit offenen, die Gleise unterquerenden Tunnel glimmen die Auspuffgase im trüben, gelblichen Licht. Bald hüllt ihn der Geruch nach faulem Obst und Gemüse ein, bald eine Wolke Gestank wie auf den Fischmärkten daheim, es wird dunkel und dunkler, bis am Ende der Gleisanlage, hinter der die finstere, mit verstaubten Hecken überwucherte Böschung anfängt, ein paar Gestalten im grellen Kegel zweier Peitschenmasten sichtbar werden, versammelt um einen Verschlag aus rohen Brettern und Maschendraht.

Dort, wo ein Mann, der im Trainingsanzug wie aufgebläht aussieht, vor ihm das wackelige Tor zurückzerrt, darf er dann hindurch mit nichts als einem Grußwort, das keinem der Posten nahegeht, und seinem Ausweisungsbescheid, den er wieder in die Jacke steckt, während er sofort auf die Tür der kargen, in die Böschung hineingebauten Unterkunft zuhält, weil er gelernt hat, nicht stehen zu bleiben, wo ihn Fragen erreichen könnten. Erst auf dem schrägen, mit Linoleum ausgelegten Boden verlangsamt er die Schritte hinab in den Schlafsaal, zugleich schwillt über ihm das Grollen eines ausfahrenden Zugs zu einem Donnern an, um sich dann rasch zu verlieren, er starrt auf den Altar am Ende des geweißten Betongewölbes, auf das golden leuchtende Tabernakel, den purpurnen Vorhang, die Holzpfosten. Das Meer der Betten und der paar abgestellten Habseligkeiten scheint vor einer leichten Brandung und einem flachen Strand auf dem Bild rechts daneben auszulaufen, während auf dem Bild links vom Altar einige Palmwedel zwischen sandfarbenen Häusern aufragen.

Die Wörter, die mit roter Farbe auf beide Seitenwände gemalt sind, direkt über der grünlichen mannshohen Folie, kann er gar nicht von Nahem betrachten, denn eben hat ihm dieser hagere, ein wenig entrückt lächelnde Mann mit dem Kreuz an der Halskette ein Bett zugewiesen. Zuerst verstaut er seinen Matchsack darunter und geht, umschwirrt von nie gehörten Wörtern und Wortfetzen, in den fensterlosen Raum nebenan, er sucht einen Weg zwischen den besetzten Tischen, bis ihn der eine heranwinkt, den er vom Bahnhof kennt, und ihm seinen Stuhl überlässt. Er löffelt die zum Brei eingekochte Suppe aus weißen Bohnen, in die er einen Ranken Brot, mehr wird ihm nicht ausgeteilt, eintunkt, hastig zuerst, dann zwingt er sich dazu, den Moment hinauszuzögern, an dem er noch immer nicht satt aufstehen wird. Und wenn er, sagt er sich, den Löffel langsam über den Teller schiebend, hin und wieder hochblickend vom Teller, sich wieder einen Pass besorgt haben wird, dann wird auch er diesen Pass in den Seifenkarton legen, mit dem der Hagere zwischen den Tischen umhergeht. Vorerst musste er seinen im Flüchtlingslager am Weg zurücklassen, um heimlich fortzukommen aus Furcht, er könnte sonst, wie ein Freund von ihm, in der Nacht entführt und in sein Heimatland mit dem verhassten, zu allem ermächtigten Regime zurückgeschafft werden. Das ist der Moment, an dem er selber zu glauben beginnt, dass die Geschichte von seinem Pass so wahr ist wie irgendeine andere Geschichte auf der Welt, die zu glauben niemandem geschadet hat.

Trotz der warmen Suppe spürt er auf einmal, wie die Kälte hochsteigt, weshalb er sich die Beine vertreten will, eine Verlockung für ihn, jetzt, da ein Bett auf ihn wartet, das ihm niemand streitig machen wird. Draußen aber, im Halbdunkel vor den beiden Peitschenmasten, bleibt er diesseits des Verschlags, wo ein paar Wütende, wie er gleich erkennt, auch ohne die Zurufe und Schreie zu verstehen, einzudringen suchen, behindert von dem Mann im Trainingsanzug, der den Vordersten mit einem Hagel schlecht gezielter Fausthiebe in den Haufen zurücktreibt, während mehrere andere den Verschlag von innen blockieren, und er sich fragt, ob er ihnen dabei helfen soll. Aber warum, warum nur steht er hier drinnen und nicht draußen unter den johlenden, schreienden anderen, die allmählich ruhiger werden und sich an den schwach erleuchteten Rändern des Platzes verteilen? Einfach deshalb weil er zum ersten Mal hier ist, hört er von dem, den er vom Bahnhof kennt, denn länger als zwei Wochen darf hier keiner übernachten, und seit man den Leiter, einen gottesfürchtigen Mann, bestohlen hat, lässt er keine Decken mehr ausgeben an diejenigen draußen, die auf der großen, über dem halben Platz ausgebreiteten Plastikplane die Nacht hinter sich bringen werden wie schon die Nächte davor: klare Februarnächte unter dem sternenübersäten norditalienischen Himmel, über den sich dann und wann, gerade wenn einer aus dem ersten Schlummer hochruckt und nach dem Mond blickt, eine graubraune Schwade Rauch aus irgendeinem Fabrikschlot wälzt. Bald darauf ist das Rattern eines Zugs zu hören, von irgendwoher ein Pfiff, der daran erinnert, dass es nur eine knappe Stunde Fahrt bis zur Grenze ist, und später das ferne Bellen eines Hundes.

Drinnen, unter dem geweißten Beton, vernimmt er den nächsten Pfiff nicht mehr, die Decke bis ans Kinn gezogen, atmet er fast so unruhig wie der dunkelhäutige Mann drei Betten weiter, der nichts gegessen hat, weil er zitternd, schweißnass und blau angelaufen im Gesicht, zu schwach war aufzustehen, wohingegen der verrückte Alte immer noch zwischen den Betten auf und ab schlurft, die aufgedunsene Hand in der Schlinge, irgendwem hinterher drohend, irgendeinem vom heute gewesenen Tag, der gar nicht vor ihm geflohen war, der ihn einfach stehen ließ, wie alle den Alten morgen wieder stehen lassen werden, um acht, wenn man ihn mit einer warmen Milch im Magen aus dem Verschlag schieben wird.

Auch er wird den Alten stehen lassen, er, der eben mit einem Schrei aus dem Schlaf fährt, er, in dem die Reste seines Traums nachzittern von der Mansarde, die er mit seinem verschleppten Freund teilte, vom Telegramm seines Vaters aus dem Spital in der Heimat, vom weggesteckten, schwarz auf dem Bau verdienten Geld für ein Flugticket zurück. Auf einmal war er wieder in dieser fremden Stadt gewesen, von wo aus er in der Nacht die Grenze überqueren wollte, denn alles würde besser gehen, wenn er seinen sterbenskranken Vater ein letztes Mal sehen könnte, und er weiß doch, an welcher Stelle er vor Wochen über die Grenze fand, obwohl man von den Soldaten sagte, sie schössen auf jeden Schatten, der sich bewege. Und also hatte er im Schlaf nach dem Feuerzeug im Matchsack getastet und mit einer Zigarette zwischen den Fingern vor der Dachluke sich gefragt, ob der Mann dort oben im Mond alles sähe, was ihm selber von Steinen,

Ziegeln und Brettern verstellt wäre, sodass er kein Bild hat von der Silhouette des Gebirges, auf das er plötzlich zuhält, keuchend in dünner kalter Luft, ohne zu wissen, warum er dort war, wo er war, was ihn dort erwarten werde, wo er gar nicht hinwollte, nein, auf keinen Fall, bis seinem immer heftigeren Gekeuche der Schrei entringt, der ihn aus dem Traum gerissen hat und von dem er hofft, dass ihn niemand gehört hat, während er neben dem Bett nach unten langt, und sein Matchsack ist noch da.

Wie es mich durchströmt

Es muss sein, daran zweifelte ich nie, schon gar nicht jetzt, es muss sein, dass ich hier auf ihn warte, die Waffe im Anschlag, ich zweifelte selbst vorhin nicht, als ich mich selber in der U-Bahn zu sehen glaubte und bis in die Zehen, bis in die Haarspitzen erschrak, ein Schauer, von dem ich manchmal meine, dass ich seinetwegen der Gruppe beigetreten bin, dieses Schauers wegen, um ihn mehr als einmal zu erleben. Wie starrte ich mich durch das Fenster in der Tür zum nächsten Wagen an, ich spürte meinen Blick auf der Haut, und den Bruchteil einer Sekunde war es still in mir gewesen, still um mich herum, und diese Stille war mein Entsetzen gewesen, mein Schrecken davor, mir selbst zu begegnen, einen Wagen weiter an die Stirnseite gelehnt, mein bleiches Gesicht, meine dunklen Augen und Haare, in dieses, in mein Gesicht blickte ich eine

Sekunde lang und verlagerte sofort das Gewicht, damit ich rasch herankäme an die Waffe in der Jacke, ein heimliches Aufmerken, wie ich es aus Filmen kenne, und der andere bewegte sich nicht mit.

Du bist angekommen, sagte ich mir und straffte mich, das Brausen der U-Bahn brach herein, erlösend, belebend, und ich fragte mich, ob der andere sich in mir wiedererkannte, ob er überhaupt eine Ähnlichkeit wahrnahm, ob es nicht doch gespielt war, wie gleichmütig er den Blick von mir wandte und mir schließlich den Rücken kehrte, während ich aus verengten Lidern den Wagen mit ihm im Auge behielt. Der Doppelgänger als Todesbote, mir zur Warnung, nein, zum Ansporn. Viele dieser Bilder sind in mir, sie flimmern hinter meiner Stirn, und ich male mir oft aus, wie ich mir den Weg aus der U-Bahnstation freischieße, aus einem Bankhaus oder einer Pizzeria, die versteckten Kameras laufen und erfassen mich mit ihren stummen körnigen Aufnahmen, ich sehe mich davonspurten, im Zickzack zwischen aufgestörten Passanten hindurch, ein Verwegener auf der Flucht, kaum kenntlich im griesigen Licht. Solche Sequenzen hätten vor den gängigen, routiniert abgedrehten Szenen im Kino den Vorzug, authentisch zu sein, beklemmend nah den Einbruch des Möglichen abzubilden in der glatten Wirklichkeit der Bankfilialen und Einkaufsmeilen, Bilder auch das, doch solche, auf denen alles Fiktive gelöscht wäre, und trotzdem Bilder voll der Fantasie, mit der die Helden meiner Jugend in den Alltag zurückkehren und handeln, handeln und wieder handeln.

Nur solche Bilder sollen von mir zu kriegen sein, das sage ich mir auch jetzt, zum ersten Mal in diesem Apartment, ich bin da, bin angekommen, am Ende eines langen Zauderns stehe ich hier und warte auf ihn, der unsere Gruppe vereinnahmt hat, ihn, der all das Schädliche in sie hineingetragen hat, die verqueren Ansichten, vor denen ich gefeit sein wollte und wogegen die Gruppe erst gebildet worden war, soweit ich weiß. Er hat die Gruppe ausgerichtet, er hatte Gründe dafür, Argumente, und doch hätte er sie so nicht auf Vordermann gebracht, hätte ihr nicht jeden Vorschlag aufzwingen und sie zu seinem Anhang machen können, alle außer mir. Es stimmt, er ist der Entschlossenste unter uns Entschlossenen, der Aktivste unter uns Aktiven, und das hat die Gruppe überzeugt, aber mich hat er zurückgeworfen, zurück auf den Zustand, den ich durchlitten hatte, während ich das ganz Andere suchte, die andere Möglichkeit zu leben in diesem eingeebneten Land. Als wüssten die Leute, wovon sie reden, als kennten sie den Boden, auf dem sie herumtrampeln, die blutgetränkte Erde, in der die toten Kämpfer von zwei Weltkriegen sich mit ihr vereint haben und endlich dort verborgen sind, während sie das Zwiegespräch mit uns suchen, das Geflüster und Gewisper vor diesem sachten Rauschen mir im Kopf, das immer beigemischt ist, das ich immer höre, ob ich an die Toten denke, an die Leute, ob an die Gruppe, an ihn, auch heute Morgen in der U-Bahn hatte es nur für Sekunden ausgesetzt.

Wie schnell war ich wieder gefasst! Gefasst auf alles, was verfänglich schien und von dem keiner in der Gruppe weiß, wie es wirklich aussehen wird, nur weiß, dass man es sofort erkennen muss, wenn es da ist, jedes Zögern, eine Schrecksekunde schon könnte zum Verhängnis werden. Und weil ich mich hatte überrumpeln lassen vorhin, weil ich einen Moment lang wehrlos gewesen war, stieg ich an derselben Station aus wie der andere, ich holte ihn auf der Rolltreppe ein und als ich neben ihm war, als ich mich an ihm vorbeidrängte, da war in seinen Augen dieselbe Arglosigkeit, mit der sie alle um sich blicken, die Leute, die Vergesser, die alle keine Gesichter haben, weil sie keine Geschichte haben, weil sie funktionieren wollen, besser funktionieren wollen als ihre Konkurrenten, weil sie eingehen wollen in die Propagandaspots aus schimmernden Farben von Flughäfen, von Hotelhochbauten, von entblößten Optimisten in Korbstühlen am Strand, samt besonderen Vergünstigungen für alle, die frühzeitig buchen. Mir klar, niemand braucht allein zu sein, die Metropolen bleiben erschlossen, außer den paar verseuchten Buchten, den schwer bewachten Lagern irgendwo im nahen, irgendwo im fernen Osten. Tag für Tag, Nacht für Nacht betrachten die Leute das alles, die Besser- und die Schlechtergestellten, sie schalten an und hören die bekannten flachen Stimmen, sie saugen die neuen alten Bilder ein, kaum sind sie zurück aus den Großraumbüros, den gelackten Studios und Fitness-Zentren, federnd auf weißen Turnschuhen durch die Fußgängerzonen, die Wohnstraßen, durch Unterführungen und Überbauungen.

Die gefahrvollen Bilder kommen aus anderen Breitengraden, die Staubfahnen, von rollenden Panzern aufgerührt, der Qualm, der sich nach den Explosionen und Einschlägen langsam verzieht, geborstene Öltanks, die verstrahlten Wüsteneien, die wogenden Mengen auf einem von Soldaten umstellten Platz, die endlosen Räume über den Ebenen, den Birkenwäldern, den rußdurchsetzten Ölfeldern und Uferböschungen, den Savannen und austrocknenden Seen.

Ein Blick auf den Bildschirm ist ein Blick in unsere Zukunft, und keiner will das bemerken, ein glatter Farbfilm, auf dem die Einschläge silbern aufblitzen, auf dem ein Rauschen aus der Menge die Reden begleitet, dem Rausch der Geschichte erlegen bis heute. Nur hier im Zentrum müssen wir inszenieren, was zum Rausch werden soll, mit haarscharf geplanten Aktionen, mit versprengten Demonstrationen später und mit Umzügen von Tausenden, von Zehntausenden noch später. Die Aufmärsche werden alle überwältigen, die Teilnehmenden wie die Zuschauenden an der Straße, bis auch sie der Sog mitreißt und sie spüren wollen, wie es ist, dabei zu sein, ganz dabei zu sein, davon leben alle Bewegungen, vom exakten Verhältnis zwischen Nachahmung und Abweichung, zwischen Abweichung und Umwertung.

So würde er das nicht sagen, er, auf den ich warte, er lässt seine Sätze nicht ausufern, er verspricht nichts und meidet Phrasen, er geht direkt vor, und das zog auch mich in Bann, kaum dass ich die Probe bestanden hatte und von der Gruppe aufgenommen war. Mit ihm hatte ich endlich einen Besonderen gefunden, einen, der die täglichen Betrügereien nicht mehr mitmachen wollte, seit die Unterschiede zwischen links und rechts mit dem Proletariat verschwunden sind, einen, der den Zustand der Welt durchschaute bis auf ihren Grund, die umfassenden Netze, die verlockenden Ersatzlösungen, die ohne Alternativen scheinen und die den Zynismus, die Inkonsequenz und Teilnahmslosigkeit der Massen fördern.

Und diejenigen, gegen die wir kämpfen, weil sie nicht weit genug gehen, obwohl sie es könnten, weil sie gar in die falsche Richtung gehen und alles grundverkehrt anfassen, jetzt, da sie am Drücker sind, sie ähneln uns höchstens, aber sie gleichen uns nicht, sie predigen die Wende und lassen den Planeten verkommen. Statt die Wälder aufzurüsten, rüsten sie ihre Armeen auf, ihr weltweiter Handel zerstört mehr als er zum Blühen bringt, statt zu kämpfen verhängen sie Sanktionen, sie denken nur in wirtschaftlichen Größen, die wirklich wichtigen, für alles Leben notwendigen Berufe sind schlecht bezahlt, die überflüssigen hingegen bestens, und was sie den Mittellosen lassen, sind Brosamen. Wir brauchen weder den Ablasshandel und Zertifikate noch Zinsen und Leitzinsen oder Finanzkonstrukte, das sind alles nur Negationen eines weltweiten Ausgleichs zwischen den führenden und den schwer benachteiligten Ländern samt ihren Menschen in ihrer verrottenden Umgebung.

Wer Großes will, kann groß scheitern, und davon ahnen sie nichts, das Große fordern sie nicht heraus, dem Großen weichen sie aus und glauben ihren Ausflüchten, ihren Lügen, behaupten, dass alle reich werden, alle an ihrem Reichtum teilhaben können, wenn sie nur superreich sind, sie faseln vom Weg dorthin, der doch mit jedem Schritt den Blick auf ein neues Hindernis freigibt statt auf das Ziel. Es sind keine Staatsmänner mehr, nur Fachleute sind es, wo es keine Gauner sind, teils gewiefte, teils beschränkte, akademisch ausgebildet, meist in fremden Fächern, Verwalter des Machbaren, keine Fantasten des Möglichen, dazu fehlt ihnen alles. Die Regierungen der Welt haben nirgends Originale mehr, inspirierte Strategen, durchdrungene Genies der Rede, es regieren nur noch Strolche, in ihrem Hang zum Kriminellen tumber Durchschnitt, anspruchsvoll was den eigenen Komfort angeht, ausdauernd ohne Profil, mit mieser Lust am versteckten Winkelzug statt am offenen Schlagabtausch. Diese Kerle in ihren gedeckten Anzügen ergattern ihre Posten, das ist es, was sie erringen wollen, anmaßende

Macht und versteckte Konten, denn gierig sind sie, gierig danach, die Nummer eins zu sein in ihrem Umkreis, wo fernere Katastrophen, gleich in welcher Größe, wo Schlachtfelder und Hungersnöte nicht zählen.

Aber damit haben sie dafür gesorgt, dass es die Gruppe gibt, sie ist gegen sie entstanden und trotzt ihnen, sie kämpft einen anderen Kampf, von Anfang an hat sie sich gegen die Größten gestellt, gegen die Balance der herrschenden Mächte, gegen die befriedete Ruhe in den Niemandsländern. Alles, was wir erreichen müssen, ist der Aufruhr! Ist das Chaos in den Medien, sind die Visionen von einwirkender Kraft, die eine ganze Generation in den Kampf ziehen, eine Generation, die im Kampf erkennt, wo und wie sie sich die Kanäle für den eigenen Triumph zu graben hat. Zu lange hatten die Medien nur eingeschläfert, hatten falsche Wünsche vorgegaukelt, egal wer sie in die Welt setzte, ob die Privaten, ob die Öffentlich-Rechtlichen, die sich über Nacht dem Kitsch der Privaten anglichen, um die Sehnsüchte der Leute immerfort auf der Stelle zu befriedigen, kaum dass sie geweckt sind, um die Leute mit Genüssen zu versorgen, bevor sie danach verlangen, ihre plumpe Schnitttechnik verrät ihren Zugriff auf die Welt, auf optimierte

Körper, kosmetische Eingriffe, Hommagen an das Schönsein, das Vollkommensein, das Reichsein – alles erfunden für die Leute, aber nicht durch sie, im Gegenteil, die Leute werden eine Erfindung der Medien, die unzähligen Einzelnen in den Städten, den Megastädten und Kleinstädten mit einsam verkabelten Fantasien vom Lieben und Quälen. Die Formen sind alle da, aber entlehnt und von Versatzstücken durchsetzt, die Ziele fehlen oder sind gefälscht, die Bandstraßen laufen praktisch ohne Personal, jedes streikende Duo wird im Nu ausgetauscht, fremde Soldaten und Raketen von Fremden, Ersatz wohin du blickst, Techniken, aber keine Tragödien, Bewegungen, aber kein Fortschritt, Scharmützel um Subventionen, aber kein Einsatz des Lebens wie dann, wenn eine Vision sich die richtige Ordnung sucht, die der wahren Zusammenhänge, wenn dafür Marschsäulen, Fahnenzüge und Sonnenuntergänge heraufbeschworen werden.

Das, nur das muss die Gruppe aus den fehlgeleiteten Mühen herausfiltern, den Willen zur Bewegung als einen Willen zum Kunstwerk, die Visionen müssen ausstreuen in die Kanäle, die landauf, landab am Laufen sind, selbst im Flugzeug versorgen sich die Leute damit. Und eben damit treten wir hervor, damit trumpfen wir auf, mit prachtvollen Explosionen in der Pufferzone, mit bengalischen Feuern in den Parkhäusern, Blütenzauber auf den Mauern, wir leben in der künstlichsten aller bisherigen Welten, also antworten wir mit den Mitteln der Kunst, nicht der Natur, Entwicklung findet nur in der Pharmazie und der Waffentechnik statt, die Kunst setzt sich selbst, und das durch uns.

Die Stärke der Gruppe ist nicht nur das Wir, es ist ihr Wille anzugreifen, Visionen all den Bildern entgegenzuwerfen, die jedes Ereignis verdoppeln und vielfach wiederholen, bis das Ereignis zum Anschein wird, der Anschein zum bloßen Schein, es gibt immer zwei Möglichkeiten, auch dafür, aus diesem Zirkel herauszufinden. Die eine ist das Finale, von dem es kein Doppel mehr geben würde, weil mit ihm alles ausgelöscht werden würde, alles menschliche Leben, wie er einschränkt, er, den ich erschießen werde, noch bevor er hier die Tür hinter sich geschlossen haben wird. Die andere Möglichkeit aber, meine Möglichkeit, ist die Vision, die erst Ereignisse schafft, das folgenreiche Bild, das die Welt mitbildet, das mehr als ein Weltbild ist, das eben eine Vision ist. Die Gruppe muss an diesen Punkt kommen, die Kehre, in der sich die Verhältnisse wenden, in der sich das vorgespielte

Leben aus den Angeln heben und zurück in sein Bett setzen wird, in das der Strom der Taten schießen wird, die lebendige Zukunft.

Also, werde ich sagen, aber nicht mehr ihm, weil er dann verschwunden sein wird, also muss die Gruppe verstehen, dass ein Scharnier erzittern lässt, was links und rechts an ihm hängt, sie muss nicht nur Anschläge ausführen, sie muss diese Anschläge filmen, authentisches Kunstwerk, schroff geschnitten, auf den Höhepunkt zu gedreht. Wir brauchen die Vorbilder, die den Leuten ihre wirklichen Wünsche sichtbar machen, vorbildende Bilder, die aus dem eigenen Land kommen und von denen die Leute selber Zeugen sind, Visionen, die sie eines Tages heiligen werden, wenn die letzte Sequenz, der letzte Augenblick verharrt wie ein ewig offenes Auge, herrlich ausgestellt von uns. Das wahre Kunstwerk ist terroristisch und duldet kein anderes Werk neben sich, kein banales Gewimmel in den Straßen, es lässt nicht diejenigen draufgehen, an die es sich richtet, es ist als Akt künstlerisch und nicht despotisch, die Botschaften der Gruppe bejahen das Leben, sie beziehen aus diesem Ja die politische Energie für eine totale Änderung im Diesseits, wenn andere von Belohnungen schwafeln in einem scheinbar gerechten Jenseits. Ich wusste das, bevor ich von der Gruppe wusste, ich wusste nur nicht, dass sie sich auf ihn ausrichten würde, ihn, dessen Bann für mich gebrochen ist, seit er mich höhnisch abgefertigt hat vor den anderen, als sei ich nichts als ein Ästhet, ein unheilbarer Romantiker, als sei mein Pathos toxigen.

Mein Pathos! Mein Pathos toxigen! Dass ich nicht länger warten darf, dass ich zuschlagen muss, weiß ich seit Wochen, aber der Moment heute in der U-Bahn hat mir die Umsetzung in die Tat besiegelt, in diesen Sekunden durchfuhr es mich, dass einer von uns sterben muss, und weil ich selbst für einen Lidschlag lang der andere war, musste ich der werden, der schießen wird, und ich hielt die Waffe fest, aber jetzt, jetzt habe ich sie gezogen. Ich gehe auf und ab, spüre den Boden unter den Füßen, ich weiß, dass das falsch ist, dass ich ruhiger werden muss, je länger ich auf ihn warte, ihn, der mich hierher beordert hat, in dieses heimlich angemietete Apartment, ihn, der weiß, dass ich bewaffnet bin, so wie er bewaffnet sein wird, wie wir in der Gruppe alle bewaffnet sind, nur wird er nicht wissen, was ich vorhabe, hier im Apartment werden wir zwei allein sein, jeder allein auf sich gestellt.

Meine Ideen hat er abgeblockt, hat alles getan, um sie aus der Diskussion zu halten, was kein Geniestreich, was ein Gauklertrick war, wo die Gruppe über alles diskutiert, derart gründlich, bis am Ende die Konturen verschwimmen, statt dass sie schärfer hervortreten, und auf einmal ist es nur seine Position, über die diskutiert wird, bis mit der Erschöpfung der letzte Widerstand erlahmt. Meine Widerworte verfangen nicht mehr, und alle sehen ihn vor sich, den von uns gestürmten Parlamentssaal, sehen uns Bewaffnete sich an den Wänden verteilen, sehen andere von uns die Minister von den Regierungsbänken wegdrängen und vor sich her an den Rand stoßen, sehen vorn am Rednerpult ihn selbst, die Waffe über dem Kopf geschwungen! Doch will er reden, nur reden und reden, er setzt auf seine Version der Geschichte, auf seine Geschichte, mit der es ihm todernst ist, er hält das Streben nach Macht, das Ergreifen der Macht für nicht sichtbar, es werde nicht durch Bilder, sondern durch Erzählungen entschieden. Für ihn tobt der Kampf nicht zwischen Bildern, er tobt zwischen den Erzählungen, von denen nur eine zur Walze der Geschichte werden könne, die sich aber auch über unsere Gruppe wälzen könnte, in die ich darum Löcher schießen werde, sobald wir an die Speicher des Staatsschutzes herangekommen sind, sobald wir die Codes geknackt haben. Die Sieger schreiben die Erzählung, die zur Geschichte wird, sagt er, ein alter Hut, sage ich, vor allem schreiben sie, wie er hervorhebt, wie ich hervorhebe, am Ende sind die Wörter die wahren Initianden, behauptet er und blickt mich an.

Bis dahin will ich nicht warten, bis dahin will ich sehen, wie das Regierungsgebäude in sich zusammensinkt mit einer triumphalen Masse an Qualm und Staubwolken, bis dahin empfinden wir wieder und wieder die Anspannung, das Beben und die Entladung, wieder und wieder betrachten wir die Trümmer, die teils über die Straßen verstreut sind, teils in der Luft herumwirbeln, genießen wir den Anblick der im Schmelzen erstarrten Eisenträger, wie Arme ohne Hände zum Himmel gestreckt.

Eine tote Inszenierung, hatte er gesagt, nein, ein leuchtendes Werk, sagte ich, ein Sprung vom Boden der Sprengkunst ins Reich der Fakten, Leben und Verwerfung treffen hier aufeinander, in der Aktion endet der Zwiespalt zwischen beiden, seine Reden werden den Alltag nicht ändern, der noch von keiner Revolution nachhaltig verändert worden ist, der umgekehrt alle bisherigen Revolutionen verändert hat, nach drei Jahrtausenden sozialer Kämpfe ist klar, dass diese Kämpfe, vom Ende her, von uns aus gesehen, unser Anschauungsmaterial waren.

Dies alles werde ich ihm nicht noch einmal darlegen, dafür wird es zu spät sein, wenn erst sein Schatten hinter der Milchglasscheibe auftaucht. Er soll mich sehen, bevor ich schieße, soll sehen, wer es ist, der ihn niederstreckt, die Kugeln sollen ihn nicht von hinten treffen. Während ich auf das Geräusch lauere, mit dem sein Körper auf den Boden schlagen wird, gehe ich in der Diele hin und her, er müsste schon vor dem Haus sein, gar im Haus sein, Unpünktlichkeit ist bei uns keine Tugend, ich muss ruhig bleiben, nein werden, ja ruhig! Setzen kann ich mich nicht, in der Diele gibt's keinen Stuhl, alles ist eng, die Dämmerung wächst und versteckt mich, obwohl ich mich nicht verstecken will, obwohl ich mich zeigen will, in diesem Apartment, das womöglich gar nicht leer ist, das womöglich …, das warum nicht leer ist? Nichts als ein Gedanke, ein Gedankenblitz, wie die Angst am Steuer im Auto, ich könnte mich dem Sog nicht entziehen, der von jedem mächtigen Brückenpfeiler ausgeht, wie mein Entsetzen vor dem Doppelgänger in der U-Bahn, wie die Aussicht, ich würde, wenn ich gründlicher mich hier umschaute, auf die Leiche des Mieters unter einem Tisch oder zwischen den Kleidern im Wandschrank stoßen, wie die fortwährende Ahnung, in einem dieser Zimmer hier harre ein Feind, halte die Waffe auf mich, sobald ich eintrete. Und doch höre ich etwas knarren, höre es noch einmal, das knisternde Echo von heimlichen Schritten. Auf Zehenspitzen bin ich an der Zimmertür, reiße sie auf und da schnellt die Gestalt in mein Blickfeld, die Waffe in der Hand zielt auf mich, ich schieße einmal, zweimal, die Kugeln schleudern die aufgeschwungene Schranktür samt Spiegel gegen die Scharniere, ich sehe noch, wie ich die Waffe senke, bis der Spiegel ganz zerfällt, ich starre auf meine Hand, auf die Waffe, die mir entgleitet und auf dem Boden aufschlägt, als die Tür zum Apartment aufgestoßen wird und ich weiß, wer eindringt, eingedrungen ist, ich weiß es, ohne mich umzudrehen.

Was dir die Wolken sagen

Wie du wieder aufschaust, sind auf einmal viel mehr Wolken da. Die Zone dünnen Lichts zwischen den Baumkronen siehst du noch, die Sonne schon nicht mehr, und du sagst dir: die Urform der Erleuchtung vielleicht und denkst an das Wort Ursprung und wirst vorsichtig mit der Vorsilbe ur. Hinter ihrem Zaun drüben redet die ältere Frau mit der jungen Frau, vermutlich ihrer Tochter, der nicht gefallen will, was die Frau sagt, und so nimmt sie das Kind auf und drückt es an sich. Weil sie sich in ihrem Kind selbst vergewissern will? Das Blau des Himmels strahlt nicht mehr, aber es ist noch sehr hell und lässt dich an die künstliche Nacht im Kino denken, ein Kompromiss des Regisseurs damals, in deinem Kinosessel hast du gespürt, dass da etwas nicht stimmig war. Und du hast dich angelehnt an jemand, der dir diesen Kunstgriff erklären konnte. Die Erklärung hast du vergessen, aber jenes künstlich kraftlose Geleucht hast du nicht vergessen. Die Wolken bauschen sich auf, oder irgendetwas bauscht die Wolken auf, was vielleicht genauer ist. Um wie vieles? Die eine Hälfte des Himmels ist noch blau, und die Wolken, die die andere Hälfte einnehmen, türmen sich hoch und höher, eine sanfte Eroberung, nicht die tägliche. Die obersten Wolken leuchten weiß, ihr Rand ist dort messerscharf, wie elektrisch geladen, während die Wolken etwas tiefer in das verdämmernde Blau hinüberfließen und sich mit ihm vermischen. Der untere Rand der Wolken, jetzt aschgrau verfärbt, vollendet den erhabenen Eindruck, bis er verweht, wie vor sich hergetrieben vom Schatten der Nacht. Und du sitzt weiter im Garten, die Knie leicht gespreizt, die Füße haften am Boden. Du hast einen Regisseur so sitzen gesehen, von hinten, ein Spruchband auf der Lehne des Stuhls, aber den Spruch hast du vergessen. Oder war es ein Name? Vielleicht war es nur das Wort Regie, oder es war der Name des Produzenten. Das Schöne an den Geräuschen um dich her ist, dass du sie hörst, ohne ihnen zu lauschen. Offen in sich und doch gedämpft dir im Ohr, durchsieben die Geräusche deine Blicke in die Höhe und hinüber zu den beiden Frauen, die jetzt schweigen, dir scheint, nicht im Einverständnis.

Es ist selten, dass du zwei Frauen beieinander sitzen siehst, die sich kennen und die nicht miteinander sprechen, zu schweigen ist schließlich etwas tumb. Aber vielleicht ist es gerade dieses Schweigen, das sie miteinander teilen wie eine Mahlzeit, die sie gemeinsam zubereitet hatten. Die Wolken verschieben sich, du nimmst es nur wahr, wenn du länger hinaufschaust, sie ordnen sich neu, nein, die Wolken ordnen sich nie, so stimmt dein Satz von den Wolken nicht. Du sagst dir, dass du dieses Gefühl nie gebraucht hast, um dich lebendig zu spüren, dieses Gefühl, es könnte das letzte Mal sein, dass du einfach dasitzt und hinaufschaust und dich selber auf die Wolken aufmerksam machst, ohne dabei ein Wort zu verlieren. Du zuckst zusammen vor dem Wort verlieren. Und wenn sie dir am Ende doch gefehlt haben, die Momente des Innehaltens, der tiefen Gewissheit, vorhanden zu sein, bevor der Lärm der feindlichen Geschütze alle Bezüge zerfetzt? Eigentlich weißt du hiervon nichts, du hast davon nichts erfahren müssen. Die Sonne hört langsam auf zu wärmen, und das Blau des Himmels leuchtet nicht mehr, ist aber noch blau. Jemand hat dir erklärt, dieses Blau rühre von dem Sauerstoff her, hervorgebracht von allem, was auf der Erde lebt. Du hörst dich atmen, vielleicht weil der Anblick der Frauen drüben dir die Stille öffnet, in der du mit dir sprichst.

Dann ist des Messers Schneide zerstoben, das elektrische Weiß erloschen und eingegraut, die Wolken sinken ineinander. Das Erhabene ist aufgebraucht und kündet, ohne eigentlich zu künden, vom kommenden Dunkel. Du sagst dir, Wasserdampf. Wurden die Götter wirklich einmal gesichtet, herausgelesen aus den Verwehungen, wie sie Wolken in winzigsten Augenblicken der Weltgeschichte zufällig bildeten? Die Wolken sind auch Bilder und vergehen doch anders als das Bild der jungen Frau, die drüben mit ihrem Kind auf dem Arm aus dem Bild hinausgeht. Es ist eben nicht nur ein Bild, und doch ist nichts dahinter, alles ist im Bild und macht es zu mehr als einem Bild. Je länger du hinschaust, desto tiefer dringst du ein. Oder je tiefer du eindringst, desto länger schaust du hin. So wie du dasitzt, so sitzt ein ganzes Leben da, geballt in dir. Aufgebauscht. Nicht erhaben. Abgelagert. Noch nicht aufgebraucht. Du bemerkst, dass die Vögel seit einer Weile lärmen, ein schrilles, vielstimmiges und dennoch gleichmäßiges Zwitschern, und jetzt bedeutet lärmen etwas anderes. Jemand hat dir erklärt, dass die Vögel auf diese Weise ihr Revier abstecken, ihr nächtliches Revier, ihr Nachtschattenrevier. Bestimmt waren es nicht diese Worte, das Wort Nachtschatten ist sicher nicht gefallen. Du zuckst zusammen vor dem Wort gefallen. Oft hast du es gehört, als es etwas Vergangenes benannt hat, das tief hineinreichte in die Gegenwart damals. Jemand war gefallen, ein Mann, ein Soldat, weil er danach nie mehr aufgestanden war. Aber jemand, der fällt, ist ein anderer als jemand, der gefallen ist.

Es geht auf die Nacht zu, die Nacht geht auf dich zu. Die ältere Frau stellt die Teller und die Tassen auf einem Tablett zusammen, und jetzt ist es die Stunde, da das Blau des Himmels und das Blau des Tabletts ineinander leuchten. Wie die Frau das Tablett hochnimmt, klirren die Tassen. Du schaust ihr hinterher, du in deinem Stuhl hast das Gefühl, nie mehr aufstehen zu können, es nie mehr zu wollen, ein Gefühl, weich und dicht wie ein Summen. Die Frau mit dem Kind scheint neben der Haustür zu warten, obschon das Kind in ihren Armen sich windet. Und jetzt ist die Frau mit dem Tablett bei ihnen. Du siehst die junge Frau etwas sagen, du hörst nicht was, aber du siehst sie lächeln, zaghaft, vielleicht bemüht, oder die Frau weiß gar nicht, dass sie lächelt, weil das eher ein Sosein ist als ein Tun. Und die andere Frau sagt etwas, und wieder siehst du das Wort nur und sagst zu dir oder nicht nur zu dir, danke, sagst du, bitte, sagst du, bitte für mich, in der Stunde, in der du deinem Leben erliegst, was unweigerlich geschehen wird, wenn deine Stunde gekommen ist.

Jetzt streift rötlicher Widerschein die Wolken, es muss von der Sonne sein, der verschwundenen Sonne, rosa und sanft verfärbt er die Blätter. Lachsfarben klingt gewählt, obwohl dieses Wort der Farbe dort in der Ferne ziemlich nahekommt. Rosa wiederum ist ein gewöhnliches Wort, und doch werden jede und jeder, die dieses Rosa nicht selber sehen, ein anderes Rosa vor Augen haben. Dann ist, was allen gilt, jedem persönlich zu eigen. Nun verlangt es dich nach einer Übereinkunft, nach einem Kunstgriff. Du spürst, dass du da bist, dass du aber auch nicht da sein könntest. Und der Garten war einst nicht da gewesen, doch er ist da wie drüben seit wer weiß wie viel Jahren das Haus. Dieses Rosa ist Anhauch, ist auch Nachschau, es ist ein Abschluss, ist ein Vergehen, dieses Rosa ist auch Weite. Es ist dein Rosa jetzt. Die Frauen sind da, die eine noch mit ihrem Kind ist es, drüben vor der Haustür.

Inhalt

Der Autor

Jürgen Theobaldy, geboren 1944 in Straßburg, lebt nach verschiedenen Jobs und Studien in Mannheim, Freiburg, Heidelberg, Köln und Berlin (West) seit 1984 in der Schweiz und wohnt in Ostermundigen.

Sein erster Gedichtband »Sperrsitz« erschien 1973 in Köln, sein erster Roman »Sonntags Kino« 1978 in Berlin. Seitdem hat er vier weitere Romane veröffentlicht, dazu die Novelle »Mein Schützling« 2023 in Berlin, außerdem über ein Dutzend Lyrikbände, zuletzt »Nun wird es hell und du gehst raus. Ausgewählte Gedichte« 2024 in Göttingen. Im verlag die brotsuppe sind bereits »Geschichten im Vorübergehen« erschienen.

Die Literarische Kommission der Stadt Bern hat ihm 2006 den Literaturpreis für sein Gesamtwerk verliehen.

Wir danken der Stadt und dem Kanton Bern
für ihre Unterstützung.

Der verlag die brotsuppe wird vom Bundesamt für Kultur mit einer Förderprämie für die Jahre 2016–2024 unterstützt.

www.diebrotsuppe.ch
ISBN 978-3-03867-089-6

Umschlag, Layout, Lektorat: Ursi Anna Aeschbacher
Druck: www.cpi-print.de